我们美丽的地球漂浮在黑暗中,独自忍着广阔宇宙给予它的孤独,如同玻璃那么易碎。

地球如今已然奄奄一息了。究竟是从什么时候开始陷入这种境地的?

人类又是在何处迷失了方向？

拯救玻璃地球

[日] 手塚治虫 著
华平 译

ガラスの地球を救え

南方出版传媒
花城出版社
中国·广州

图书在版编目（CIP）数据

拯救玻璃地球 /（日）手塚治虫著；华平译. -- 广州：花城出版社，2021.5
ISBN 978-7-5360-9242-6

Ⅰ. ①拯… Ⅱ. ①手… ②华… Ⅲ. ①随笔－作品集－日本－现代 Ⅳ. ①I313.65

中国版本图书馆CIP数据核字（2020）第205620号

合同版权登记号：图字19-2020-128号
「ガラスの地球を救え」by Osamu Tezuka
© 2021 by Tezuka Productions
All rights reserved.
First published in Japan in 1989.
Chinese translation rights arranged with Tezuka Productions through The Tohan.

出 版 人：肖延兵
策　　划：林宋瑜
责任编辑：蔡　宇
技术编辑：凌春梅
装帧设计：舆書工作室

书　　名	拯救玻璃地球 ZHENG JIU BO LI DI QIU
出版发行	花城出版社（广州市环市东路水荫路11号）
经　　销	全国新华书店
印　　刷	恒美印务（广州）有限公司（广州南沙经济技术开发区环市大道南路34号）
开　　本	880毫米×1230毫米　32开
印　　张	4.5　2插页
字　　数	90,000字
版　　次	2021年5月第1版　2021年5月第1次印刷
定　　价	49.80元

本书中文简体专有出版权归花城出版社独家所有，非经本社同意不得连载、摘编或复制。
如发现印装质量问题，请直接与印刷厂联系调换。
购书热线：020—37604658　37602954
欢迎登录花城出版社网站：http://www.fcph.com.cn

《拯救玻璃地球》发行感言

平成元年（1989年）二月九日，上午十点五十分，手塚治虫因胃癌医治无效，在家人们的守护下，于半藏门医院逝世。

自昭和二十一年（1946年），十七岁的手塚治虫首次登上漫画舞台，直到去世，他都坚持不懈地从事着漫画和动画的工作。他留下的漫画作品有七百多部，动画作品有六十余部，特别值得一提的是，漫画原稿竟有十五万幅之多。

在去年三月病倒以后，他的创作欲望和热情也相当惊人，就连在手术后的住院生活中，也不断地画着连载漫画。直到去世的十多天前，他还在进行动画片的制作工作。那简直就是惊天地泣鬼神的气魄。

手塚是一个有着相当积极人生观的人物。住院期间，他也安排了不计其数的出院后的工作计划。但这些计划最终都没能实现，他在天有灵的话，一定会为此遗憾吧。

在此，这本在手塚健在时就计划进行出版的小册子，因手塚未能等到它出版便过世的缘故，我们加入了一些手塚的讲演录、电视和杂志上的采访录，并在光文社编辑部的帮助下出版了它。

从"二战"结束那年开始的四十三年间，为什么手塚会不断地创作，直到生命终结？驱使手塚一味地埋头创作的动力又是什么？通过这本小册子，读者也许能发现手塚毕生诉诸的理念，以及创作的秘密。

很遗憾手塚没能亲眼看到阿童木所活跃的二十一世纪的景象便去世了。但是，我们会继承手塚创造出的世界，以及在那些作品中贯彻始终的生命赞歌，以及其精神和热情，一定把他创造出的无比宝贵的伟大遗产流传至二十一世纪。

衷心感谢对手塚治虫长时间爱戴的读者和观众。今后也请务必多多关注手塚治虫的作品。

手塚制作株式会社社长　松谷孝征
平成元年四月五日

目 录

大自然使我选择了画漫画 / 001
地球已然奄奄一息 / 005
科学进步目的何在 / 008
阿童木的悲哀 / 011
别夺走孩子的未来 / 014
漫画救了我这个"被欺负的孩子" / 017
老师激励我画漫画 / 022
不堪回首的战争年代 / 026
告诉孩子们战争的真相 / 031
献给勇于探险的孩子们 / 036
跟孩子聊聊平生吧 / 040
"浪费"时间反而孕育想象力 / 043
好奇心是身心健全的象征 / 046
黑杰克的烦恼 / 053

大脑不能再生 / 057

切莫被信息的洪水吞噬 / 061

什么是必要的信息 / 064

阿童木也打不破的隔阂 / 070

异文化冲突 / 076

玩出来的创造力 / 081

小巷子中的奥妙 / 086

你知道蝴蝶的气味吗 / 091

人类的欲望 / 096

"恶"的魅力 / 100

负能量 / 104

漫画本是反传统的读物 / 108

继续认真"讲"话 / 112

《火之鸟》诉说生命之不可思议 / 115

IF思考法 / 119

从宇宙看地球 / 123

解说 / 128

大自然使我选择了画漫画

日本有一个叫作宝塚的城市,我从小在那里长大。在那里度过少年时期的我,一直是个"被欺负的孩子",再加上战争的爆发,怎么也说不上有美好童年之类的回忆。因此,我的童年时代没有什么值得留恋的。

但是,现在回想起来,还是有一点美好童年值得回忆的。值得庆幸的是我居住地周围的自然环境极为多样,小时候跑遍的山川和原野,以及捕捉钟爱的昆虫等无法忘怀的眷恋和光辉,在我的心灵和身体的深处扎下了根。我的笔名"治虫"就是从一种叫作步行虫[1]的甲虫那里得来的。

即使现在,眼前也能鲜明地浮现出孩提时代那美好且

---

[1] 步行虫。日语为オサムシ(发音:OSAMUSHI)。而手塚治虫的笔名"治虫"的发音是 OSAMU。

丰饶的大自然的景象。

直到不久之前，无论再小的城镇都有杂树林和草地，那里是孩子们尽情欢跑和玩耍至日落时分的幻想王国，也是宇宙基地或探险队发现的秘境，更是无边无际扩展的无止境的幻想王国。

在狭小、温暖的家的附近有这种场所的话，孩子们的梦想就可得以纵横无尽地飞翔，他们幻想着那里就是飞向宇宙的出发点。

在树林的另一端，火红的夕阳摇曳着巨大的身影沉入地平线下，风声沙沙作响，白云在蓝天深处飘动——当我身处那种自然环境中的时候，无论多么年幼无知，也能感觉到我内心深处渐渐地变得恬静。以至于成人之后直到现在，这种心情也没有丝毫的改变。我想每个人都会有类似的感觉吧？

无论人类如何进化、物质文明如何不断进步，也改变不了人类属于自然的一部分这一事实。无论科学如何进步，也无法否定自然。否定自然无疑是对自己=人类本身的否定。

在我的漫画作品中描绘未来社会的场景颇多。那是因为我心中的"大自然"成了我创作的源泉，孕育了那些飞往遥远宇宙，或者钻入小甲克体内之类的想象力。丰富的大自然的记忆如同体内的涌泉，不断滋润着生活在大都市中备受工作煎熬的我。

在我的连载漫画《路德维希·B》中，有这么一个场景：幼年的贝多芬预感终有一天自己的耳朵会失聪，于是他想尽办法记住大自然中各种生物的声音，以及一切美好的声音。失聪后，他的身体代替了耳朵，体会到了如同身为"上帝"似的感动。

记得开始绘制《铁臂阿童木》的昭和二十六、二十七年（即1951年、1952年）时，我遭到了教育工作者和家长们的猛烈批判。什么"日本根本不可能建造高速公路和高速列车""要造机器人之类的想法简直就是痴心妄想""作品简直荒唐无稽"等愤怒的声音不绝于耳。有的甚至说"手塚尽画些胡说八道的东西，是孩子们的敌人"。

尽管如此，我还是坚持画我的漫画。我之所以身处猛烈的批判风潮中，也能坚持忍耐并继续绘画，是因为即便在描绘机器人的激烈战斗的故事场面时，我那扎根于大自然的"生命之尊严"的创作主题也始终贯串在所有作品之中。

没有生命的地方就没有未来。尽管如此，地球现在还是遭遇了毁灭性的危机。

我在《火之鸟·未来篇》中，描绘了公元3400年的未来都市风景：地球加快了毁灭的步伐，荒废的地面下到处是鳞次栉比的高楼大厦。我替这都市取了个名字，叫作"永远之都"。这是因为未来的人们为了忘却不安的侵扰而取了"永远"这个名字。

但是从地球的现状考虑，别说等到35世纪了，就连21世纪能否安然度过都很难说。这种不安经常使我苦恼。这部作品发表之后仅过了二十多年，我那种危机感就越来越强烈，问题加深的速度也越来越快了。

地球之死，换种既残酷又现实的说法，就是我们那些今天还在精神饱满地笑呀吵呀闹呀，并时不时还要给大人们添点麻烦的小辈们，或者邻居的孩子们，同时也是我们未来的那些无上宝贵的子孙后代，会有一天突然从这个地球上消失。这种情况实在让人不敢想象。

地球如今已然奄奄一息了。究竟是从什么时候开始陷入这种境地的？人类又是在何处迷失了方向？

地球已然奄奄一息

在大宇宙的那片漆黑中散发出耀眼蓝光的行星——人类唯一的故乡。不，不光对人类而言是如此，它也是大至恐龙那般庞大的生物，小到只有几天生命的蜉蝣和细菌的故乡。这个充满丰富生命的星球，除了称之为奇迹，别无他词。

在阳光、水和绿色大地的滋养下，无数生命在地球上唱出了生命的赞歌。

四十六亿年，这个超乎人类想象的漫长的时间，是地球的年龄。但从原始人类诞生到现在，也才过了三百万年。

也就是说，就地球历史而言，人类充其量是个新来的。然而不知为何，人类却一副宛如己物的样子，以"万物之灵"自居，随心所欲地破坏自然，屠杀动物。

无须多言，这已然成了大问题。但是，一边叫喊着

"这是一个大问题",一边放任紧急事态的持续,这到底唱的是哪一出?

某些满不在乎地镇压国民的独裁者、政治家一脸清爽地对公众发出"珍惜绿化,保护动物,保护生命"之类的陈词滥调——的背后,是为了赚取钱财,任由有毒物质排放,不断开发和制造杀人兵器。

但最让我感到悲哀的不仅仅是那些掌权者的所作所为,而是像我们一样的普通市民竟然成为这种状况的帮凶。

我们放任自己追求物质的富足,目光坚定,一路猛跑。但这会不会已经是我们停下脚步环顾四周的最后机会了呢?

我们已经处于这样一个临界点了——必须仔仔细细地思考对于今后的人类真正重要和必要的东西。

原本,人类追求着"今天"和"眼下"的便利,老老实实地生活至今,突然间小幸福成了危机,这让我们莫名感到被什么东西背叛了。

就在前些日子,"地球危机"这种说法只不过是个讨论的题目罢了。但题目太大了,与其说是一个应该交给国家要人或者学者们的话题,还不如说是一个应该慢慢地解决,最后圆满收场的话题。

但现在,"地球危机"事关每个人。几乎在人类发愣之际,演变成了某一种未知的"不安",日渐向我们袭来。

就连我自己,还有我的同僚、邻居大婶们,以及理应成为"未来人"的——无比宝贵的孩子们都被这种难以言喻的"不安"所笼罩着。

恐龙是在这个地球上繁衍生存了一亿数千万年的王者,但为什么仍会在六千五百万年前绝种了呢?

而人类在地球上只不过生存了三百万年,就掌握了决定包括人类在内的地球上所有生命体存亡的关键了。

我们这才刚出生。照这样发展下去,从大宇宙的运行来看人类史的话,不过是南柯一梦。

也许不论过去还是现在,人类一直都在野蛮时代。

尽管人类能够成功登月,顺利进行宇宙空间站的开发建设,但只要不停止污染环境和战争,不也还是个"野蛮人"吗?

无论如何,我们也不想让地球变为一颗死气沉沉的行星。

与其说面向未来,和地球上所有生物共存,不如说,我觉得可能从现在开始才是人类真正的"黎明"。

科学进步目的何在

虽然SF（科幻）电影、小说及漫画描绘的因核武器战争和大气污染导致人类最终灭亡的故事数不胜数，但它们所描述的早已不是虚构世界的故事了。到了这个份儿上，我想趁还来得及的时候一吐为快。

毕竟环境污染已经扩张到了世界上公认最干净的喜马拉雅山和南极大陆，以及世界的七大洋等地方，而且非洲和亚洲的泰国、菲律宾等地区和国家的森林已遭到了毁灭性的破坏。

我还听说，由于氟利昂对臭氧层造成的破坏，从南极上空照射下来的有害紫外线竟然比正常值高一兆倍。由于臭氧层能缓冲紫外线对地球的直接照射，地球才得以成为生物的王国，但是，如果地球受到至今从未接触过的宇宙有害物质的直接照射，等待着生物们的究竟是什么样的下场呢？

就连南极大陆周边的海洋，也由于各国基地产生的大量垃圾、废油的污染，已面临濒死状态。事到如今，已经是不得不大喊"地球SOS"的悲惨境地了。

再加上1986年4月26日发生切尔诺贝利核泄漏事故，造成大量的放射性污染，殃及所有生物。污染夹杂在雨水中注入了大地，特别是以欧洲为中心的地区，其农作物所受的影响持续了几十年之久。这些放射性物质用几万年的时间也消散不了。光切尔诺贝利事件就给几万年后的人类，也就是我们几十代，甚至几百代后的子孙留下了一颗不可修复的、被污染的地球。

科学的进步原本应该为人类带来幸福，现在却成了伤害地球的罪恶之源。以往被认为荒唐滑稽的问题曾反映在我的漫画中，引发热议。然而现在，现实真的充满危机。

我曾在《铁臂阿童木》中画过这么一个场景：愚蠢的军队为了阻止机器人加隆口中喷出的毒气，竟然要使用氢弹去炸毁加隆。如今，现实世界事态的严重程度已然超越了漫画世界。

且不说放射会造成食物污染，据说医药品造成的污染就已相当惊人。而且其理由只有一个——大量生产能够增加利润。类似的愚蠢行为正没完没了地持续。

为了提高生产效率而缩短人的寿命，如此本末倒置的事情却没有人反对。

在昭和六十三年（1988年），我制作了一部名为《森林传说》的动画片，献给我敬仰的沃尔特·迪士尼先生。

这部动画片讲的是人类以开发之名砍伐森林，森林里的动物和草木联合起来对抗人类的故事。

如果人类失去了对大自然的敬畏之心，并且变得傲慢无理的话，势必要付出同等代价。现在，正是应该以全球的视角，以超长期——几百年、几千年的计划为出发点，去思考地球之事的时候。

阿童木的悲哀

至今,我仍在相当多的漫画中描绘了未来社会。说实话,有件事使我相当苦恼——大众普遍认为《铁臂阿童木》是我的代表作,觉得它描绘的是未来世界通过技术革新繁荣发展,创造幸福的蓝图。

然而,《铁臂阿童木》并非以此理念创作出来的。忘却了自然与人性,只一味追求发展科学技术,会为社会带来深刻的裂痕和扭曲,产生差异,残酷地摧残着人类和所有生命体,这才是《铁臂阿童木》原本的意义。

《铁臂阿童木》真正的含义在于:如果机器人工学、生物工艺学等先进技术不受控制,将造成什么样的后果?或许用来谋求幸福的技术会成为人类灭亡的导火线。不!现实正朝此演变。

《新·浮士德》是以生物工艺为主题的作品,描绘了人类随意改变基因结构，制造克隆人以及新生物，涉足堪称恶魔勾当的领域的行为，以及我对此的不安和拒绝。

我总觉得在不久的将来，地球即将毁灭。

在如同怒涛般地向着灭亡蜂拥挺进的最盛期，到底有几个人能站出来说"不"呢？

你只需仔细阅读、仔细品味就会明白：精力充沛、成为正义化身的《铁臂阿童木》，绝不是描绘科学至上主义的作品。

我是出生在二战时期的人，与占领军之间的不和谐以及亲身经历的文化冲突，给予了我创作《铁臂阿童木》的灵感。它们可以说是机器人和人类之间不和谐的另一个版本吧！

当时，日本人连像样的英语也不会说，而占领军也不懂日语，这就在两者之间造成了文化的隔阂。而机器人和人类之间无论怎样尝试沟通，终究是机器和人类的关系。在两者之间必须要有阿童木那样的中介。可以说这部作品是我从青春时期的社会背景中获得启发的。

另外，在我小时候，一部叫作《黄金球棒》的连环画剧风靡一时。其中有个反派角色叫谜，其藏身之地被最新设备保护着，包括大量引进的、超乎当时想象的通信系统。或许是"坏人才用这些系统"这种成见在我幼小的心灵中深深扎了根的缘故吧，所以，在《铁臂阿童木》中我也让坏人们装备着最新设备，再让阿童木去收拾他们。而在另一面，也描绘了胡子大爷等人身处21世纪，还脚穿木屐，坐在榻榻米上的生活情景。

用一句话来说，《铁臂阿童木》表现的是科学与人类之间的不和谐。

阿童木是一个有思考能力、有感情的机器人。阿童木想成为一个真正的人类,于是便有了他上学的场景。但他可以用一眨眼的工夫完成计算题,运动能力更是无人能及。于是在学校里,他深刻体会到了疏离感。

尽管我希望将这份疏离感和悲哀,通过阿童木坐在大楼顶上的场景传达出去,但这部分完全被忽视了,只有科学的力量这一点被放大,真令我遗憾不已。

关于不和谐这一点,科学和人类的关系是如此,地球与人类的关系也是如此。我认为人类更应该侧耳倾听地球的声音。

没准,现在的人类搞错了进化的方向呢,或许作为进化初期的"低级"动物反而能活得更轻松,死得也更轻松一点,也不会把地球赶到这般绝境吧!既残忍又满嘴谎话;嫉妒心强,不信任别人;见异思迁又好奢华;同类之间还互相残杀——人类真是丑陋的动物啊!

尽管如此,我还是认为人类很可爱。所有生物都很可爱。我们也许是误入歧途,可当我想起那些天真无邪的孩子们时,无论如何也无法放弃人类的未来。

别夺走孩子的未来

孩子这个群体充满着生命力,并具有无限的可能性。但如果没有这绿色的、美丽丰饶的地球,就什么可能性也没有。

从宇宙范围来看,而不仅限于太阳系,地球这个充满生命的星球也是个宝贵的存在。在这个星球上,虽然人类比以前更加长寿,但充其量也超不过一百岁。那正含苞欲放、天真烂漫的孩子们的生命,不该被这么随意对待。

我们大人姑且不论,最凄惨的终究是这些孩子们。比起大人,他们总是受害更深。

生化反应等辐射、药物引起的副作用和引起水俣病的有机汞一样,孩子比大人所受的伤害更深。在同一地区摄取同样的食物的话,父母很有可能不得不亲眼看着可爱的孩子在痛苦中先于自己死去的惨状。这对于父母来说如同地狱的煎熬。

有人说,"无论发生核战争,还是遭到食品污染,只要大家一起死的话也无所谓",真是岂有此理!到那时候,大家可不会一起死去。而是从生命最脆弱的胎儿、婴儿、孩子开始,一个个死去。只有这件事我绝不希望发生,无论如何也必须把这个世界、这个地球延续到未来。

虽然对于这种现状我无能为力,但我可以通过漫画把我的想法传递出去。即使那些想法在成人看来是明摆着的道理,我也希望把我认为最重要的东西不断地传达给大家。

阿童木在人类社会中是个"被区别对待的孩子",而不是"普通的孩子"。但他以坚定的信念作为自己行动的指南,决不会轻言放弃。有时候,即便是没有胜算的对手,他也要挑战一下试试。这就是我笔下的阿童木。当然,他只是存在于漫画中的人物。但孩子们本来就应该像阿童木那样充满活力的,不是吗?其实这也是我对孩子们的期望。

但可悲的是,你如果问现在的中学生对21世纪和未来的看法,就会吃惊地发现,几乎半数的孩子们都持有悲观的态度。

"因为粮食紧张,大量的人死于饥饿,为了争夺粮食自相残杀""大地震定会引发地球的毁灭""辐射污染了整个世界",等等。

我自身也确实怀有相同的不安。如前所述的事实证明了危机感正在全球范围内扩大。再加上电视、SF(科幻)电影、漫画的影响,也许更加剧了孩子们的不安,但作为未来人和21世纪中坚人物的孩子们,他们展望的未来却为绝望感所笼罩,这是怎么回事呢?

孩子们那光芒闪烁的未来究竟消失在何方了?

将孩子们赶到这般荒凉境地的不是别人,正是我们大人。

不用说,当今世界的形势相当严峻。现在的孩子们和年轻人出生时,地球上已有的核武器数量足够让人类毁灭七次之多。无情的暴力一开始就存在于他们责任范围以外,让他们难以承受。失去干劲也是不得已。

不管现实如何残酷,人类还是有能力设法改变看上去已经无法改变的现实。像这样的道理,大人们为什么就不能多教教孩子们和年轻人呢?

"如果发生了战争怎么办?"

对于这个问题,超过一半的孩子回答如下:

"如果是横竖避不了的战争,没办法只能死。"

"这是有权力的人肆意发动的战争,不管我们怎么发牢骚,终究是徒劳。"

不论对于战争还是其他威胁自身的因素,积极地克服、防御、改变等饱含勇气的发言却很少,大都是些和疲乏的大人的看法相似的回答。那种一看就是在和平体制的社会中贪图安逸的处世方法,已经在大人,甚至孩子的内心扎根了。

无论处在什么情况下,培育孩子们保持面对未来时的活力和理想,不正是我们大人们的责任吗?

漫画救了我这个"被欺负的孩子"

在谈论孩子的话题之前,先讲一下我小时候的事。

先前我也谈到过,我小时候是个总被欺负的孩子。从幼儿园到小学,我真的瘦弱得不行,反正从早到晚,经常被孩子王和捣蛋鬼欺负得很惨。同班同学也很看不起我,常常挤对我。别看我现在个子挺高大的,但我小时候真矮,再加上戴眼镜,还长了一头天生的鬈发。自然鬈真的很可怕,平时卷曲作一团,洗完澡之后,干了的头发向上翘起,这光景可不得了了。

只要我一上学,校门口附近总有几个人在等着我。

鬈发男孩头一甩

今天也戴着眼镜来

> 看清了，看清了
> 只能看清六十米来

他们边唱着欺负我的歌，边大声嘲笑我。

"只能看清六十米来"，是指我那副特制眼镜度数不准，让我最多只能看清六十米之内的地方，而六十米以外是一片模糊，一点也看不清，大概是因为我时常抱怨而被他们知道的吧。

由于有这经历的我太过窝囊，即使在半个世纪后的今天，我还能记得这首歌。《三眼神童》这部漫画中主人公遭受的欺凌，也是我那段无法忘记的童年经历的写照吧。另外，铁臂阿童木的发型，两处头发向上翘起的部分，其实是受我小时候发型的启发设计的。

因为每天都被欺负，所以放学回家后，我母亲那句"今天被欺负哭了几回呀"的习惯性询问，终于替代了"你回来了"的日常寒暄。而我会掰着手指数了一下，一边哭鼻子一边告状道："今天七次啦！"

现如今我认为我的母亲真是个了不起的女人。每当这时，她不会说"身为男人这么没出息"之类的话，也不会向我发脾气训斥我。她只是说"我知道你很难受。但一定要忍耐，忍耐，忍耐呀"，一味地教育我学会忍耐。

如果我母亲过分溺爱我，我可能会被娇惯，最终成为一个一事无成的人。但是，无论被别人怎么说、怎么对待，我都使劲去忍耐，还养成了一个劲微笑的习惯。

不管怎么说，当时考虑的只是怎样逃脱那些孩子的欺凌，怎样才能躲避他们。

最让我为难的是那帮捣蛋鬼成天在校门口和上学路上埋伏我。为此，我每天绞尽脑汁，每天改变回家的路线，或者抄近道一溜烟地逃回家去。但对手也很精明，及时地察觉了我的逃跑路线并抢先埋伏。

那么我的小学时代一直是受尽欺负熬过来的吗？也不尽然。不知为何，我的母亲允许我随心所欲地看漫画。这也因此成了我脱离苦境的契机。

母亲出身于一个军人家庭，自小接受了严格的教育。父亲则是出身于一个法学家家庭，由于从小娇生惯养，是个反复无常、任性的大男子主义者。因此他信口开河，为所欲为，把所有责任强行推给我母亲，并且动不动就大声斥责母亲。母亲是个一味逆来顺受的保守女性，无论父亲怎么说，她都一声不吭地忍着。或许正因如此，她要我"忍耐下去"这件事也就解释得通了。

每当母亲从父亲那里拿到了工资，就为我分出一些买书的钱，而这些钱的大部分都花在买漫画书上了。

在那年代，漫画还不像现在这样被广泛认可，与其说漫画是书籍，不如说是玩具那一类的东西。所以，母亲也许本着买玩具的打算，无意中为我购入了大量的漫画书。我一遍又一遍地阅读这些漫画，不用说台词了，连画面也一个不漏地烂熟于心。

我询问过不少人，几乎所有人都对孩提时代阅读过的漫画有着相当强烈的印象，对漫画内容的记忆之鲜明到了令人吃惊的程度。

还有，母亲为我朗读漫画书也起了很大的作用。现在人们常说父母为孩子们朗读书本有如何如何的好处，因此为孩子们朗读书本的父母日益增多，这已经是人们习以为常的现象了。

但在五十年前，为孩子朗读漫画书的母亲，应该很特别吧？并且，她朗读时的神情实在是太棒了。她为所有登场人物，按角色的不同分别使用不同的声调，既有趣又搞笑地像演戏一样朗读给我听。作为听众的我，一会儿欢欣雀跃，一会儿又忧心忡忡，情到深处还不时地流下几行眼泪。我母亲真是一位杰出的朗读家啊。

因为这样，我家的漫画竟积攒到了两百多册，班里的同学都好生羡慕。不久，附近的孩子王、捣蛋鬼们为了看我家的漫画书，络绎不绝地前来。

他们一改往常欺负人时不怀好意的表情，面带奇妙的笑容，手提父母嘱托的礼物登门拜访。

变成这样真是太棒了。

我从没像那时那样产生过优越感。我注视着那帮捣蛋鬼竟老老实实地坐在我的家中，痴迷地埋头于漫画的情景，实在是心情舒畅，扬扬自得。

难能可贵的是那时母亲的款待方式。当时大多数的父母不太欢迎调皮捣蛋的孩子们一窝蜂地拥进自个儿的家里，有的还痛骂孩子们一顿。而母亲的态度完全不同。她乐意款待大家，以一种"欢迎来我家"的方式积极招待大家。

这实在让我太高兴了。不知从什么时候开始，我会在生日时邀请了捣蛋鬼们。二十来个朋友聚在一起,再加上他们的父母、兄弟姐妹们,吵吵闹闹、一团和气地度过一整天。打那以后,就连捣蛋鬼们也开始收敛起来,对我变得格外友善了。

老师激励我画漫画

　　为了免受欺凌，我觉得我应该做一些只有我能做到的事。那时候，我已经开始随心所欲地涂鸦了。到了五年级的时候，我已画完了一整个本子的漫画，拜托班上的朋友帮我看一下，然后就被班主任乾老师发现并没收了去。我觉得这下不妙了，想着老师会大发雷霆，我就害怕不已。那么，结果怎样呢？老师在教员办公室中宣传并传阅了我的漫画之后，竟然将本子还给了我，并且鼓励我说："你应该画更多漫画。你将来一定会成为一个漫画家的！"

　　老师的话对孩子们来说，无论对错，都具有相当大的影响力。在受到老师如此激励的情况下，我顿时精神焕发，勇气百倍。因为不管怎么样，我已经获得了"你应该画更多漫画"的认可。

　　承蒙这位乾老师的鼓励，我感觉人生充满了光明。乾老师是教作文的,那时是昭和十一、十二年(1936、1937年),正值学校普及作文教育的时期,小学生写作运动盛行一时,而乾老师正是率先将作文教育付诸实践的老师之一。当时的他正年轻,充满热情。

这位老师的作文教学方式相当独特。他不管学生的文章和字写得怎么样,总之无休止地写作。如果决定了一个主题或者题目,就十张、二十张地让学生们想写多少就写多少,直到学生们把自己想表达的东西彻底地、完全地写完为止。

而当时的作文教学方式,顶多也只要求学生差不多写个五六张纸便可以得到表扬,没有老师会要求学生写二十张、三十张。那个时代的作文教育也只不过是一门一周一个小时左右、可有可无的课程。

但是,乾老师的做法不一样。他让在上课时间内写不完的学生,下课后继续写;即使如此也写不完的,可以带回家写,花上一周的时间也没关系,直到写完交付作业为止。他还会以杂志编辑的口吻告诉我们截止日期到何时。

我最多的时候写过五十张。内容是我第一次从大阪到东京旅行的经历,从大阪到东京需乘坐东海道本线列车。我将沿线到达的车站逐一地写了下来。写完这个站如何、那个站如何,就已经是五十张了。最终只好在作文的结尾处写道:"且听下回分解。"

就这样,我通过写作文,体会到了编写故事——讲故事的乐趣。

如果要列举我人生中恩人名字的话,除我母亲,乾老师应属第一。

为什么呢？虽然因为我上的不是美术专业学校，我所有漫画都是些草图般的涂鸦，但至少我的漫画不光只是画，还要和读者进行对话，传达我的信息。而要传达这些信息，不创作故事就无法实现。

仅乾老师的几年指导，就为我打下了一生工作的基础，叫我永远无法忘记他。自此我毫不顾忌，在学校也画漫画；因为苦练漫画，我最终在学校里成了一个颇具个性的人物，而那些捣蛋鬼们也渐渐地成了我的漫画粉丝。

现在的孩子们都画漫画，而我小时候，因为喜爱漫画，在沉迷其中时，不知不觉被当成拥有一种特殊技能的人，在学校生活中受到了别的孩子的尊敬。

而这也是得益于与良师的相遇。尽管当时社会对漫画评价很低，他也没有不分青红皂白地说"画这种无聊的东西还不如去学习"加以否定，而是凭借自己的判断，为我做出了恰如其分的评价。

在我为今后到底是成为医生还是漫画家犹豫不决时，母亲劝我道："如果你真的喜欢漫画的话，那就成为漫画家吧！"尽管从以前的世界观来看，不，就是在现代，一般的父母都会理所应当地劝自己的孩子走医生的道路……

对于孩子，老师和父母这类大人的言行都具有极大的影响力。

在这一点上，正因为遇到了这样一位良师，我的学校生活可以称得上是幸运的。

只不过，在我的小时候，正值战争气氛渐浓的时期，这种气氛还渗入了学校教育。在下一篇中，我将谈到我的战争经历。

不堪回首的战争年代

战后已过四十余年,能告诉我们战争之恶的人越来越少了。

我感到不安的是,经历过当时的战争、了解详情的人如不把"战争"原本的面目告知年轻人和孩子们的话,战火似乎还将再次燃烧起来。

我想在有生之年记录下那些以"正义之名"利用国家权力屠杀人民的凶器,于是便有了《三个阿道夫》。

以"正义"为借口,大量屠杀掠夺性命、压制言论等由国家造成的暴力横行的时代实际存在过。但那段历史对于现在的年轻人来说,也许只不过是很久以前的历史剧而已。但是就连妇女、孩子都惨遭无情屠杀的残酷事实,就发生在不久前。

我们那一代人处于世界正经历一百八十度转变的时

代,并目睹了国家肆意地将昨日还是"黑"的东西,今天就换作"白"的那样颠倒黑白的现实。那种可怕的事情,无论如何也得告诉下一代。

我的童年虽然在黑暗的昭和初期中度过,但生活还算比较不错。但是后来,连这些也都因青春期的空袭和生活的贫困,消失得一干二净。

在我上小学时,与中国的战争便爆发了,进入中学之后又爆发了太平洋战争。

从1928年开始,东京都特设了儿童电影日,由文部省和东京都主办,到各所学校进行巡回演出。孩子们在半强制的状况下观看电影。

我居住的城市大阪,在那时已有五十所学校加盟儿童电影日。八年后,到我上小学的时候,已经增加到了五百多所学校。到了我上中学的时候,加盟的学校已发展到了五千多所,普及得非常快。

看电影的场所不光在学校的大礼堂,有时还由老师带领着去电影院观看。播放的电影尽是些《五个斥候》《神风终于吹起》《肉弹三勇士》等鼓吹战争的宣传片。还让我们观看了柏林奥运会的影像。在正式放映之前,会先播放一部国产漫画短片,其内容仅仅是升起的太阳底下有只兔子在蹦蹦跳跳。仅仅五分钟的短片,还只是动画片的雏形。尽管如此,这动画短片也比宣扬战争的电影有趣得多。

当正片开始的时候,不少的学生借口上洗手间就一去不回。

应该记住，当时像那样针对民众鼓吹战争的电影教育，是文部省率先创导的。从1925年无线电广播在以JOAK（东京广播电台）首次开播以来，仅过了几年，"学校广播"这类节目就已经通过电台向全国广播了。而学校巡回电影展在那以前就已经开始了。

由此可见，通过视觉和听觉的方法对孩子们进行时局教育在当时是何等的受到重视了。不仅是孩子，对于任何人来说，眼睛看到的东西比耳朵听到的印象要强烈几百倍！

阿道夫·希特勒的纳粹教育大部分都是通过影像来实施的。特别是对青少年纳粹组织——希特勒青年团的教育，更是大量地使用了放电影的手段。

为实施这种教育而编排节目的是希特勒的左膀右臂——宣传部长戈培尔。

他对希特勒的举手投足进行细致地演绎，形成了一种表演程序。比如在希特勒进行演说时，讲到某个地方便要把手放在胸前，讲到某种问题时要用手击打桌子等，如此进行排演。以戈培尔为首的人，将纳粹的影像教育发挥得淋漓尽致。

日本还和德国共同制作电影，我小时候被强制观看过一部向日本吹嘘德国的纳粹政策如何优秀的电影。

日本的军部、情报局关联机构很清楚这种针对孩子的影像教育的作用，因此采取了上述教育政策。这样一来，我们这些孩子可就惨了。我们那一代，在当时局势下也只能被卷入战争中去。

我之所以能在动画片上花那么大的功夫，原因之一是将军国主义电影的功用进行了反向利用，希望动画片能够对那些因梦想和希望双眼闪闪发光的孩子们有所启发。

我那一代的孩子，连玩的也是"战争游戏"。

因为我身体孱弱，其他孩子都认为我没有当兵的素质，所以只能扮演从军记者。当游戏中有谁"中弹倒下"时，我马上抢上去画下其连续动作的速写。然后向大家宣布"现在播放从军记者奋不顾身抢拍的战地影片"，将那些速写像拉洋片似的播放给大家看。

童年时代在不知不觉中流逝，转眼我到了上初中、高中的年龄。但当时的孩子们基本都没有去上学，而是被送进了预科练习班和幼年学校。要不然，便被强制混编在一般劳动者中去工厂劳动。

像我这样没有体力的瘦弱孩子，会被收容到一个名为国民体育训练所的强制收容所。总而言之，把我们关进这种地方，进行为期一年的体能强化训练，以便我们能够成为为国家做出贡献的少年。收容所的四周围着两层铁丝网，是一个有进无出的地方。

尽管说是要让我们增加体力，可尽让我们吃些豆渣之类的食物，每天却从早到晚进行着军事训练。我终于扛不住了，在第四个月时，用五条被子隔开了铁丝网，从收容所中钻了出来，径直逃往家中。

深夜中，我咚咚咚地敲开了家门，终于回到了家中。母亲之后才跟我说，那晚上我回到家里的样子让她毛骨悚然。那时我铁青着脸，像幽灵似的骨瘦如柴，一副半死不活的样子。母亲一开始还认不出我来，仔细看了半晌才认出是自己的儿子。

那天晚上，我拼命地吃了将近三顿饭量的食物。之后悄悄地溜回了收容所，托母亲为我做的饭团也分给了朋友们。当时就是这样一个时代。

尽管这样，被军国主义教育彻底洗脑的我，在中学时代的日记中竟然这样写道：

> 虽然敌人在数量上较我国有优势，但在国民力量方面我国要胜过敌人数千倍。
>
> 因此，当今首要问题是将敌人的人力资源消灭殆尽。只要尽量多地歼灭敌人，物质上的威胁便不足为虑了。

当然，这篇日记除了暴露我的愚蠢，还能让年轻人明白：教育是如何以其可怕的威力，侵蚀孩子们柔软的身心的。在当时吃了上顿没下顿的生活中，我竟然还能写出这样的东西！

告诉孩子们战争的真相

战争末期,"学生动员"的运动兴起,鼓励学生停止在校的学习活动,到附近的军需工厂劳动,生产战斗机的零件、降落伞、枪托等军需物品。学生们立马和身旁的劳动者一样,转着车床、推着矿车干起了活。

我被调到生产机场飞机库材料的工厂从事劳动。那是个规模并不大的街道工场,就在大阪淀川河岸边,从我家搭地铁过去大约需要一个小时。

那一天正是昭和二十年(1945年)的三月。我有时会爬上工厂的监视塔。我们每天都交替着爬监视塔,监视天空,预防空袭。

空袭的军队一般都由美军的B29轰炸机编队组成。轰炸目标是大阪的时候,他们通常取道大阪湾沿淀川向沿途的军需工厂投炸弹,再沿着淀川返航。

美军轰炸机编队返航时,将剩余的炸弹不择目标地乱扔一气,因此淀川沿岸的民家可就惨了。

那天,我一直在工厂的监视塔上监视天空,下午两点左右突然响起了空袭警报。一般情况下在响起空袭警报之前都会发出预警警报。而那一天一下子便响起了空袭警报,那警报声似乎充斥着一种死亡的气氛,实在让人厌恶。

只要警报响起,我们就会撤退到防空洞中避难,但那一天根本就来不及。我就那样待在监视塔上,看着突然钻出云层、迅速飞来的B29轰炸机编队。那时的恐惧感难以想象。

轰炸机在扔下炸弹的同时,还夹杂着燃烧弹到处扔。这种油脂燃烧弹,不知为何被起了一个绰号叫"莫洛托夫的面包篮"。莫洛托夫是当时苏联的外长。

巨大的弹筒在落下时"啪"地裂开,无数的燃烧弹从弹筒中向着四面八方飞散,掉落在民家之中。

那些燃烧弹,以直接贯穿人体之势从天而降。

从远处眺望的话,这个景象犹如烟火的火星一般,闪烁着细碎的光芒,可怕而美丽。那些燃烧弹落在近处时,还能听到像下雨时发出的"沙沙"声。

然而,从头顶上落下时,却发出"哐哐"的金属声音。当你听到这种声音的瞬间,会以为自己完蛋了。

我在监视塔上听到"哐哐"的响声时,心里想着:啊,这下要完了。

接着,我便不由自主地双手抱头,蹲了下来。一秒钟后,一枚燃烧弹擦过身边,击穿台板掉了下去。我不记得发出了什么声响。总之,那时我一门心思想着我死定了。

我起身向下俯瞰,包括那枚擦身而过的燃烧弹在内的十几枚燃烧弹击中了工厂,火势已蔓延到了整个工厂。

我发现小命还在,便面无血色地跑下了监视塔。

事已至此,求生欲望变得异常强烈。仓库和宿舍一瞬间成了火海,灭火已根本不管用了。这样下去的话,无疑会葬身火海。所有人都命悬一线地向着淀川的堤坝逃跑。我也跟着逃命。

堤坝上已经集结了大批从民家逃出来避难的人群。其中一部分人躲在了淀川大桥下。殊不知这大桥对于B29轰炸机编队而言是个不错的轰炸目标。

轰炸机编队朝着大桥扔下了几枚炸弹。炸弹直接击中了大桥,炸开五六个大洞,躲在桥下的大人、小孩的身体支离破碎,残肢断臂飞散开去。尸体都被烧成了焦块。

在混乱中突然闻到了煎牛排的味道。那是因为当时在淀川堤坝上,农家放牧的牛群被炸死烧焦了。

抬头仰望大阪的天空,犹如炼狱烈火。整个天空都泛着浊黑红色,如同世界末日来临一般。因为这景象太偏离现实了,以致我一刹那间怀疑这一切不过是梦境吧。这是一个噩梦,赶快从噩梦中苏醒过来。

空袭结束之后,敌机撤离了,对此我们束手无策。街道和工厂还在燃烧,铁桥被炸毁了,根本无法通车。放眼望去,难民络绎不绝地走出大阪,成队地向着郊外延伸。我也迈开脚步,加入了他们。

我灰头土脸地走着，渐渐地腿脚发酸，饥渴难耐，越来越撑不下去了。我终于扛不住，敲开了一家大门，低着头求人家随便给我一点食物充饥。那家人应该很同情我这个穿着破烂、躬身行礼的学生吧，给了我三个很大的饭团。我扑上去抓住饭团就往嘴里猛塞（而这户热情的人家，在两三天后的空袭中被烧得一干二净）。

就这样，那一天发生的事情被我一五一十地、鲜明地记在了脑海里了。

恐怕我那一代经历过空袭和战争的人，都有着和我同样的体验。那是无论怎么说也说不够的恐怖回忆。

什么样的恐惧？是眼睁睁看着自己随时可能丧生的恐惧。

在空袭下和战场上，无论逃向何处都逃不脱死亡的笼罩。没有任何方法能够逃脱。那不是地震或海啸那样的天灾，加害的一方同样是人类这一点，更令人害怕。

但是，经过了战后的四十多年，连这一经历也被人们渐渐地淡忘了。

也是由于战后出生的几代人占了社会大半人数吧，作为社会核心的他们也差不多将这些经历忘却了。这些人，恐怕在战败后曾发誓再也不要参与战争了。但这一群人中的一部分，正在将形势推向危险的边缘。

不光是《三个阿道夫》，我几乎在所有作品的主题中都无意识地加入了对噩梦般回忆的描述。恰如一个讲故事的人将自己的亲身经历讲述给孩子们听。正是这种想法贯串着我的整个创作思想。

许多国家都高举其崇尚的"正义"的幌子发动过战争，现在也依然如此。"正义"实在是一个方便好用的词语，可以说有多少个国家或者有多少个人，就有多少种"正义"。

这个夸大其词的"正义"的内涵，也包含了对上至老人、下到纯洁无瑕的婴儿进行的极端不可理喻的杀人行为。

成千上万的人不得不亲眼看着自己的孩子和父母死去。另外还有人自身不断地受到死的威胁，而不得不去杀害别人。

战争使心灵遭受的创伤，比肉体的伤痛更深，怎么也无法痊愈。

我深切希望，像这样的事能在我们这一代终结。

为此，我们首先要完善教育环境，使得孩子们的判断能力得以全面发展。

献给勇于探险的孩子们

就算是大人也不能断言对目前为止的人生感到满足。但是，我希望通过——和孩子们聊一聊对我而言最重要的东西，在平等身份下共同探讨人生理想和信念。与此同时，我也产生了一种错觉：现代教育的某些环节在衰退，还有，尽管"重新认识何谓人类该有的生活"的呼声很高，但我并没有感觉到丝毫的效果。原因之一是我们没有从孩子们的幼小阶段就对他们实施类似的教育。注重偏差值的我们只给孩子灌输能够进入所谓"好"幼儿园、"好"学校所需要的知识，以致他们在幼儿、少年期稚嫩的感性全部被封闭在狭隘的个性之中了。

我认为，从小就要热衷于教育孩子们：生命是无可替代的，人生终究只有一次，而与人类具有同等价值的生命遍布于自然界中，我们与它们以各种形式紧密联系、相互依存。还有，地球对于人类——当然了，对于所有生物来说，都是绝对不可或缺的星球。

这些道理也许谁都明白。但是，需要不断地被唤醒对这理所当然之事的感动的，不正是我们这群大人吗？

我相信如果从小彻底实施珍爱生命、怜恤生物等心灵教育的话，现在发生在孩子身上的悲惨遭遇就不会发生。

这样的教育从现在开始实行还来得及。但是，我要重复一点：为此，我们必须留下"丰饶的自然"。

大自然中隐藏着治愈人心的神奇力量，正因如此，大自然才是孩子们最好的老师。

在大自然的怀抱中畅怀嬉戏时，孩子们就能体会到生命的伟大，以及任何生物都将逝去，等等。当然，他们也避免不了目睹自然界残酷的一面。有时，孩子们自身在玩耍时也会有虐待小生物的举动。比如抓住蛇的尾巴将其摔在地上；撕碎昆虫；对青蛙充气，让它爆裂；等等。不过这就像是一次作为同样有生命的物体去生存的彩排吧。在这些举动中，孩子们面对了各种各样生物的生与死，在不知不觉中体会到了生存的喜悦之下还有悲伤。

以前，在离我家不远处的一片草地上，我制造了各种各样的小型地球，我从中感受到了生命坚强生存下去的喜悦。

那时，根本不可能在百货店中买到昆虫。蜻蜓聚集在一起、知了叫声不断、河中鱼儿畅游的自然环境就是我们的日常生活情景，那是一个虫儿、鸟儿和孩子们共同生存的世界。

要说服连对自然的"回忆"都没有的孩子们，去理解他人的痛苦和生命的可贵，不是一件相当困难的事吗？

听说最近发生在孩子们之间的欺凌事件中，排除异类的倾向十分严重。比如把看上去和自己稍有不同的孩子当作欺侮对象。这就像是对成人社会的反映。对于被欺凌的一方来说是难以忍受的。有过亲身体验的我有绝对的发言权。

漫画《三眼神童》中，主人公是个叫作写乐的男孩子。那孩子竟然长了三只眼睛，因此，他在额头上的第三只眼睛上，交叉贴了创可贴加以掩饰。平时，他总被欺负，是个胆小的爱哭鬼。一旦额头上的创可贴被取下，第三只眼睁开时，突然间便可发挥出不可思议的力量。

《森林大帝》中的雷欧，是一只很少见的白狮子。也许也是因为小时候被欺凌的那段经历，让我觉得自己的存在像个"怪物"吧。

我是个相当自卑的人。可能我为排遣自卑所做出的努力，才形成了我创作漫画的原动力吧。

世上根本就不存在"不成器的孩子"和"坏孩子"。我敢说，被贴上这种标签的孩子的存在，是那些只能以这种眼光看待孩子的大人们精神贫乏所致。

大人仅一眼就认为不成器的孩子，也肯定存在因大人缺乏洞察力而被埋没的优点。

沉睡在每个孩子体内的宝物，现在正期待着大人发现它的视线。

孩子们伤害别人，自己也弄得遍体鳞伤，我总觉得这是求救信号。

那种呼喊声,总令我将其与地球的悲鸣重叠了。

我们大人必须竭尽所能,使孩子们大大的梦想,能够坚实地蹬离地面,飞向宇宙。

跟孩子聊聊平生吧

近些日子来我觉得，做父母的应该将自己的人生经历多讲给自己的孩子听。最近，写自传的现象似乎很流行，听说一般人也可以通过自费的形式出版自传。与这现象的盛行相反，我有一点担心。

写这种自传的目的不外乎三种。

第一种是反省自己迄今为止的生活方式，是自己的忏悔录。这种自传只要自己满意就行。

第二种是写出来让自己的子孙和子弟们看，告诉他们自己是从何种时代活过来的，你们的父亲、长辈是这样子的人啊，等等。在把自己的经历转化为子孙们的精神食粮的同时，还显示了身为父祖的尊严。

第三种显然很荒谬，目的是为了出名和宣传。

第三种不作为讨论对象，我担心的是第二种情况。这种类型的自传大都是以"过去那美好的时代"之类的言论为中心展开的。这类东西我看了不少,更奇妙的是他们不会塑造出令读者觉得灰暗的另一面,几乎没有将自己写得很谦逊的自传,无一例外地都在赞扬自己,最终让读者认为作者是个如何了不起的人。在说服了读者之后,话题转入了对战争经历的回忆中。

而这正是问题的所在。"虽然那时如此艰难,但现在回想起来却难以忘怀"是写回忆的常识性描述法。回忆,本来就是建立在怀念和眷恋的感情之上的,没有意思的过去是无法构成回忆的。即使是痛苦的回忆,随着岁月的流逝也有可能成为令人怀念的人生一幕。借此回忆,个人也可以沉浸在过去的感伤之中。在这种情况下,个人的缅怀是无伤大雅的,但通过写成自传的形式,俨然将回忆变成一种社会现象,这才是最令人困惑的。

比如说,那时候的战争岁月是那般艰苦,但现在回想起来真令人怀念啊。这么一来岂不是要从个人的眷恋之情中得出战争是美好的、战争年代是快乐的结论吗?简直太不可理喻了!

看了这类东西之后,会有一种毛骨悚然的感觉。姑且不论那些曾在战争最前线的人员的自传,那些几乎只和战争沾了一点边的人的自传,里面也常常能见到这种论调。就是说,论点,在某个环节被调包了。

这些著作如果只写自己是如何千辛万苦度过了艰难岁月也就罢了,可恶的是把自己的经历伪装成了时代的代言。如果在漫画、动画、电影以及电视中也这么描述的话,会给孩子们带来严重的误解。

像这种自传历史的危险如此之多，我们大人们却轻易就放过了。这种放任表现在沉浸于"是啊，我也曾经历过那样的时代，真是怀念呀"的感慨中丧失了分辨力；而另一种放任表现在自己对那种论调毫不关心，或者是彻底忘记，以致在孩子们面前流露出不置可否的态度。

这样的话，会使孩子们不去思考战争的本质而盲目地理解、接受。

我认为，动画片中的战争描写，必须要将制作者要传达的东西放进故事。如果因为原著中没有战争情节，就去为描写而描写，那是相当罪过的。

我是从事娱乐工作的，只有画出"有趣"的漫画才能以此为生。所以，必须得想尽办法去画出有趣的东西来。尽管如此，在孩子们尝够甜头之后，我也会设法让他们体验一番痛苦的滋味。这才是我们这些从事传媒工作人员的使命。

我有三个孩子，因此我不希望现在的孩子们长大成人之后，失去现在所享有的和平与自由。

"浪费"时间反而孕育想象力

孩子们等待着大人们真挚的信息，也具备充分理解这些信息的能力。并且，他们还具有好奇心，这在孩提时代应该是最旺盛的。就这点而论，现在的孩子们却处在极端可怜的境地之中。

有一种规矩在孩子们之间默认但不明说。当某种信息在孩子们之间突然传开之后——比如，有没有买新发行的家用游戏《超级马里奥》的某一版本，或者是否知道新电视节目中的有趣话题等诸如此类的信息——那些不知道这种信息的孩子们就会完全被排斥在圈子之外，像是与儿童社会脱节了。这可麻烦了。于是，孩子们为了融入圈子便积极地购入游戏，或者观看电视。终于大家了解同样的信息了。

不用说，这种现象的背后肯定有商业策划者的存在。

这样的大人在背后煽动着，将这些信息强加给孩子，把他们变成标准化人类。并且，家庭也助长了这种倾向。

即使在家庭中，父母也制定了模式化的生活，将每天的生活规范化。这样的话，孩子除了按这样的模式生活，别无选择。

因此，在家庭生活中无论如何也需要将玩耍的时间安排得宽裕一点，或者在积极的意义上多"浪费"一点时间。否则，孩子肯定会感到压抑的。不但如此，也由于在学校和私塾受到严苛的管理，以致家庭生活的模式化给孩子增添了各种各样的压力，使得他们积郁爆发，做出极端行为，或者被培养成了精神萎靡的标准化人类。

父母不需要有特殊的地位或权力，但也不能只一个劲儿地顺从潮流，听凭学历社会的安排进入有名的企业，像这样让孩子随大流过日子，而是应该和孩子一起，即便与社会格格不入，也要尝试着创造自家的生活方式。这样不是更好吗？不要随波逐流，做一个即使在他人看来是顽固不化的人也未必是件坏事。我有预感，这样的孩子富有创造力。

日本这个族群似乎避讳张扬个性，擅长站在一边静静观看。不管别人如何，表达自我这种事做不来。日本人爱穿制服这一现象也是上述性格的表现吧。统一性的确有美丽之处，但会埋没个性。

孩子有着无限的想象力和可能性，如果幼年期的教育给他们加以条条框框的限制，反而是轻易剥夺了他们成长的可能性。

我在《三个阿道夫》中，描绘了一个德国少年的变化。他在小时候相当善良正直，而且十分敬仰比自己年长的犹太青年。但在接受了希特勒青年团教育后，不知不觉地成了纳粹的急先锋——一名青年将校。因此，大人在处理对待孩子的问题时，必须万分小心才是。

现如今大量的信息充斥在孩子的周围，而他们尚未具有筛选信息的能力。这种情况，会导致孩子信息中毒。所以我们大人更加有必要为孩子的成长提供有益的养料。

但是，身处于信息泛滥的现状之中，孩子们觉得有趣并主动翻阅的信息，才能真正成为他们成长的养料。如果信息能够以这种方式被孩子们利用的话就太好了。

希望我们的信念能够以通俗易懂、生动有趣的形式传递出去。不然，对于强加于人、生硬晦涩的内容，孩子连看都不看一眼。

时代迫使我们必须认真地摸索，创造出让孩子们打心眼里喜爱的作品。

好奇心是身心健全的象征

为了使孩子们拥有健全的心灵，应该培养他们积极意义上的"爱管闲事"的禀性。

率先尝试让自己感到好奇的事物，需要活力和勇气。

当然，那些向往不良环境的好奇心不在讨论范围之内。但是，让孩子们在适当的自由中观察未知世界未必不是一件好事。

我在小学三年级时，从郊外的家里出发，换乘轻轨和地铁去天王寺美术馆的绘画教室上美术课。来回路程得花上三个小时。此外，我还不得不带上同样要上美术课的一年级的弟弟。

对于一贯对我们的管教严格到了神经质地步的母亲来说，竟让两个年幼的孩子单独地去往大城市，能做出这个决定真不容易。

就这样,我每天牵着弟弟的手,去上美术课。在这过程中虽发生过各种令人害怕的事,但比起这些事来,接连的新鲜体验更让我们神经紧绷。

有一天是星期天,平时供我们享用午餐的美术馆食堂休息,所以我不得不到外面去用餐。

本想随便找一间食堂或者荞麦面店用餐,不幸的是由于是星期天都休店了。

于是我打算在下课后回家途中,在地铁终点站找个食堂解决了。

途经一家类似咖啡馆的店,店的橱窗中陈列着诱人的烤饼。对当时的孩子们来说,烤饼这种甜饼,是一种有难以抵挡的魅力的甜品。

"我就吃这个了。"

打定主意之后,我便从敞开着的店门进去了。

那天,由于我弟弟休课,就只有我一个人。我在班里个子最矮,看上去像一年级的学生。这么一个小孩独自一人来进餐,势必引起店员的惊诧。店里所有客人也都同时看向了我。

我故作镇静地占了个座位,等着服务生来点菜。

服务生来到之后,我立刻点菜。

"一份烤饼!"

服务生吃惊地直眨眼,就像是在说:"这里是西餐店,咖啡馆在那边。"

原来我搞错了地方,误入了一家高级西餐馆。

服务生递上菜单,问道:"您点些什么?"

我急中生智地指向菜单的某一处。服务生大吃一惊,说了"套餐吗"之类的话。

"您是要牛排套餐对吗?"

我并没有吃过牛排,点头道:"就这道菜吧。"但服务生离开之后,我立马担心起来。因为我兜里只有3日元。

但是刚才指着的地方确实写着"牛排套餐3日元"。

终于汤上桌了。喝完汤之后,一份巨大无比的牛排被端了上来。服务生接着问道:"要不要来份米饭?"

"不要。"

我回绝了。我心里盘算着如果再点些别的东西的话,我带的钱就不够买单了。

就这样,我有生以来第一次用着刀叉,花了很长的时间边切边吃完了这份不带米饭的牛排。由于牛排有点咸,我喝了好几杯水,稍稍体验了一把大人的心情。

这件事对我来说挺刺激的,我还能借此实践使用了刀叉。

回家之后我把这件事告诉了母亲,母亲听着,忍不住笑出声来。

"米饭是免费的哟。是附加在料理中的,因此才是套餐呀。不过你这顿午餐真够奢侈的呀。"

这件事我至今还记忆犹新。因此我在学校的作文中也提到了此事。每当一家人上饭馆时,我必定会回想起那次的经历。

有人说,当今世界随着科学技术的发达和对世界各地的开发和探索,谜题一个接一个地被揭开了谜底,梦想和浪漫也随之消失了。

在我们小的时候,非洲被称为黑暗大陆,人们认为那是人猿泰山和食人族出没的神秘世界。

人们还认为月球的背面永远无法看见，深信火星上住着火星人。

机器人之类的只存在于空想世界和漫画中。

每当它们一个又一个被弄清楚、被开发出来时，人们总是叹息："唉，又一个梦想消失了！"

大人们因此担心起来，害怕在不久的将来，人类在揭开了所有秘密之后，就再也没有什么梦想能够留给下一代的了。

太荒唐了。我一贯认为每当一个谜底被揭开，随之会产生是其十倍数量的谜题。

如今孩子们缺少的难道不正是冒险精神吗？并且，"爱管闲事"的精神不正是促使孩子们冒险的原动力吗？

世界上的神秘现象无比之多。孩子们对此充满好奇，并提出各种假设去研究，这是多么令人愉快的事呀。

很多人都知道，秘鲁的纳斯卡一处宽广的台地上，有几百米长的巨型地面绘画。

距今一千多年以前，在此居住的纳斯卡人创作了这些地画。他们在这宽阔的台地上画了很多巨大无比的鸟类、猴子、鲸鱼、虫类、蜘蛛，还有奇妙的人形等。但从地面上望去只不过是一条条细细的沟壑中填满了白沙，并且看不出是什么图画。只有从离地100米的高空望去才能看明白。纳斯卡人到底是为了什么才有如此荒谬的举动？并且，一千多年前有谁会从高空俯瞰这些图画呢？真是一处令人费解、不可思议的遗迹。

我打小的时候就知道了这地画的事情，并以此进行了各种各样的幻想。我实在太想去了,想得不得了。我决心在有生之年存上一笔钱去亲眼见识一番。

出乎意料的是,正好有家出版社邀请我去取材,就这样,我有幸踏上了去纳斯卡的旅程。

我从秘鲁的利马市出发,在一家名为港龙航空的、令人有些不安的航空公司租了一架小型飞机。这家航空公司以纳斯卡观光为招牌。一看才发现我搭乘的小型飞机竟然没有门!风从飞机内穿堂而过。问了原因之后才知道——

"因为从空中观看地画时,有门的话不太方便看风景,因此拆掉了。"

如此粗暴直接的服务令我吃了一惊。

飞机升空后,朝着目的地连续飞了两个小时。在飞行中为了解闷,我便向机长问这问那。

"那些地画究竟是谁弄的?"

"肯定是外星人干的啦。"

对于这个答案我进行了反驳。

"怎么可能会有外星人呢?肯定是古代人制造的吧!"

"这位客人少安毋躁。秘鲁人都是这么说的。您亲眼从空中观看之后就知道啦。那简直太难以置信了……"

机长回答道。

我之前曾设想过地画的事。纳斯卡那巨大的地画很可能像大文字山的火文字那样,事先在挖好的沟中注入油,然后点着火之后便会在地面上形成火的文字。并且我猜想那地画多半是用于宗教仪式什么的。

亲眼看到地画之后,这个猜想或许能够得到印证。

我满心欢喜地期待着,来到了纳斯卡的上空。

纳斯卡的地画就展现在我的眼前。地画大概有二三十幅，和我想象的几乎没有什么差别，所以实际看到地画时，没有太大的震撼。真正令我目瞪口呆的是，画在台地上的这些地画四周的无数直线！成百、成千……甚至更多条直线交错重叠，无论地面怎样凹凸不平，都像用尺规画的图纸那样准确无误。平行线也像新干线的铁轨那样笔直地延伸开来，即使越过一个山头之后也照样笔挺挺，如同一幅宏大的抽象画。"这，到底发生了什么！"我不由得自言自语。

这显然不是为了宗教仪式而制造的。并且，还像是修改了无数次的草图一般线条重叠交错。

"看！像这样的几何学似的图形，古代人可做不来，这必须是外星人做的呀。"

机长得意扬扬地说道。但是，我还是坚持认为这些象形文字是人类发明的。不过其意图和技术就是个谜了。

在我的漫画《三眼神童》中，描绘了很多古代遗迹的场景。这般奇妙的遗迹，在到处旅行时遇上了好几次。去过一座远海孤岛——复活岛的人们，肯定见过岛上那种被称为肝脏的一抱大小的石球。传说这种石头的根一直扎到了地球中心，任凭你是多么力大无穷也无法将它举起来。尽管这是远古时代的石球，其形状却是标准的球体。尤其是表面，如同经过砂纸精心打磨过那样光滑无比。另外，我曾去过几次奈良的明日香，为了看一种名为"酒船石"的石台，那石台上面有一些奇特的沟渠。考古学家们进行了考察研究，至今仍无法辨别"酒船石"的制造时代及其用途。

像这样，在这世界上，只是一个古代遗迹中就充满着无数的秘密，更何况在自然科学领域和未来世界，绝大部分还是未知领域。针对这些谜题，光是假设和猜想已经足够快乐、浪漫了，并且有可能在未来揭开谜底之际意外地发现想象与现实是一致的。

对某个谜题进行各种揣摩想象，有利于促进自身大脑的运动，使之年轻化。而好奇心正是促使这一切发生的关键。

黑杰克的烦恼

　　至此为止围绕着孩子的话题说了许多，现在想谈谈有关大人的话题了。不过这与孩子也有着直接或间接的联系。

　　虽说我有行医执照，但大概会成为那种一不留神就在病历上画病人头像的医生。尽管如此，如果我能成为医生的话，还是希望自己可以成为这样的医生，我通过漫画表达了我的这个梦想。

　　如今想起来，我的漫画作品中有大量的医生出现。

　　其中最能唤起读者共鸣的主人公是黑杰克。

　　黑杰克有着非凡的外科手术本领，但他是个没有执照的医生，受到医师协会和警察们的密切关注。但是，他的医术深受信赖，世界各国都有患者愿意支付昂贵的治疗费，到他那里接受治疗。只要患者的病没有到无可挽回的地步，黑杰克就能将患者医治得健健康康。

但是，这位医生的医术，实际上不过是些我在大学附属医院上学时所学到的医疗知识。也就是说，是昭和二十年代（此处具体指1945—1954年）的医疗技术。这些过时的，或者说陈旧的描述，对于只有过微不足道的医疗经验的我来说，是怎么也无法填补的缺陷。

因此，有不少读者读了我的《怪医黑杰克》后，批评其不合时宜、老套。当然提出这样意见的大多是在医疗专业方面造诣颇深的人。

我对这些批评不做反驳。但是，《怪医黑杰克》并不旨在介绍所谓的医疗技术。

黑杰克能医治好任何病人，所以患者们的生命也得以延长。不单是黑杰克，先进的医疗机构也拯救和延长了越来越多人的生命。这样一来，这世上死去的人变少，高龄者增加，是不是会演变成高龄化社会？或者，是否会导致生命周期失常，造成全球人口密度过高？

每当黑杰克在医治患者时，总是为此感到苦恼。

延长人的生命真是医生的使命吗？拯救了衰老的高龄患者的生命，真的能使他们的余生幸福吗？黑杰克自问自答，陷入了难以自拔的困境。

一个人只是因获救而延长了生命，不能被称为"活着"。一旦失去了"生存的意义"，就难以产生继续活下去的勇气，不论是年轻人还是老人，都是如此。黑杰克这样做可能反而给人增添烦恼和痛苦。

不仅在日本，各国社会投向老人的眼光都相当冷漠。

青壮年层把老人看作累赘。

这种想法太自以为是，且傲慢无礼。

不管是年轻人，还是工作在社会第一线上的年富力强的人，在用自己的青春讴歌着这个世界，埋头于工作之中时，似乎有件事被忘得一干二净了。

那就是——这些年轻人在不远的将来也会成为老人。可能他们会说"到时候再说"，但从更好地珍惜自己一生的意义上来说，请认真地想象一下工作了几十年之后老去的人们是怀着怎样的心情生活的。

年老就意味着容易得病，身体机能有各种状况。年轻时运用自如的手脚渐渐不受自己控制，会产生痛苦和无力的情绪。在自动售票机前，因行动不便而手忙脚乱，老人的心里一定觉得羞耻。而这些老人周围的眼神并不一定是温和的。

位处发达国家中的日本，在车站和大楼等街道构造上，无论从哪一点来看都看不出为老人和残疾人着想。

那些行动不便、日趋年迈的身影并不是别人的，正是我们自己的。即便不是为了别人，就是为了自己的将来，也应该考虑要为那些老人和身体不便的人创造一个生活便利的社会环境。

在《怪医黑杰克》这部作品中，有一篇关于老人的故事。为了建造高楼大厦，市政规划决定砍倒一棵在建筑区域内的榉树。一位和榉树一起成长的老人想尽办法要阻止建筑开发计划，但结果没有成功。就在建筑开发计划即将执行的前一晚，老人同榉树一起畅饮之后，竟在树上上吊自杀了。

而黑杰克施展手术救活了这位老人,但也带来了一个麻烦的问题。老人虽然被救活了,但他已经失去了生存的意义。这样是否算是帮助别人呢?

故事的结局是,老人在手术的幻觉中,看到自己疼爱的榉树中飞出的花粉又长成了一棵小榉树,而重新获得活下去的勇气。但现实是,老人要在当今这样的社会中找回生存的意义是一件相当难的事情。

在另外一个关于老人的故事中,老人是个手艺相当高的木匠。他念念不忘要为黑杰克扩建手术室和病房,却于中途病倒了。病因是他曾受到广岛核爆的污染,令他患了白血病。刚从学校毕业的黑杰克面对这个老人,却无法攻克核爆这个强大的敌人。

为此,黑杰克再一次发问:"医疗是什么?人类的幸福是什么?"

大脑不能再生

当今,三大成人病中,癌症的治疗随着医学对癌症本质的不断理解、对未来的展望越来越明朗了。另外,心脏病和脑梗死中,对于后者已经可以采取措施进行预防,而心脏病由于内脏移植和人造内脏技术的进步,未来也可以治愈了。

虽然现在人造心肺还没有小到能够植入人体中,但在不远的将来,一定会开发出更小、更适合植入体内的小型人造心肺。

现在,人体原生器官被人造的肝脏、胰脏等内脏器官,以及人造血管、骨头、皮肤等部件替代的时代正在到来。

但是,有一种器官是人工绝无可能制造出来的。那便是脑神经。脑细胞有着无论多精密的电脑也无法企及的极端精致的构造,即使将来出现了代用品,那也充其量不过是些基本功能替代品,无法取代真正的脑细胞。如果用人造的东西取代的话,那么这个人的人格也会随之消亡,成为一个机器人。总之,即便脑细胞以外的任何人体器官都被人造物取代,"人类"这一本质依然不会变。但是如果一个人的大脑被人造脑取代的话,那么他将不再是人类了。

因此,大脑是一种无法取代的人体器官。如果脑死亡,那个人毫无疑问也就死了。

人体死亡现象不是同步的。死,分有心脏死亡、人体组织死亡、细胞死亡等不同阶段。比如说,心脏还在跳动着,脑细胞却已经死亡了,这种现象并不少见吧。还有一些情况是大脑和心脏都已死亡,某部分的组织却还活着。

那么,应该在哪个阶段才能确认死亡呢?现代医学对这个问题做出了回答:在确认脑组织死亡的阶段。

那么,如果人能够健康长寿的话,究竟能活到多少岁呢?换句话说,究竟到多少岁时,脑部才会死亡呢?按现有的数据来看,一百一十岁至一百二十岁左右是人类寿命的极限。也就是说无论医疗技术如何进步发展,人类的寿命只能到一百二十岁左右。如果是这样,如何使人尽可能地活到这个岁数,是我们人生的课题。

因此,到目前为止,一味努力地以延续人的生命为使命的医疗工作者们也必须逐渐改变认识了。尤其是随着医疗技术的进步、发展,高龄者不断增加,老人医疗占据了重要的位置。对于这一人群，医疗工作者们最重要的职责是探讨研究怎样让他们在有限的余生过得既满足又充实，并在生活方面为患者进行引导。如果医生大模大样地卖弄"权威"、摆架子，是无法在与患者建立信赖关系的过程中承担起责任的。

但是，无论医学怎样进步，最终治好自己的是病患本人——医疗，充其量也只不过起协助作用。

不是谁都能够按理想状态生活。我们消耗了相当多无意义的、充满负面因素的时间。"啊，又浪费了无谓的时间"，像这样后悔的事，在我们的生活之中是那么常见。

并且，人都有着不少的烦恼，他们迷茫，他们焦虑，他们痛苦，并且他们时常直到很久以后才发现，但那时再反省也为时已晚。

即便是在还可以悔过重来的年轻时期，人们也听凭年轻的冲动，热衷于释放自己的精力，几乎没有机会注意到这是在浪费时间。

这并不是要大家从年轻时就考虑年老以及死的问题，而惴惴不安地在节约时间中生活下去。

即便不是那样，也要培养孩子们深刻思考事物的兴趣，以及年轻人的思考能力，好好考虑诸如怎样才能真正充分地发挥自己年轻的力量去度过充实的一生、人生真正的喜悦是什么等问题。

在医疗的世界中，医疗技术的进步只为延长人的寿命，这并不是不好，但这不代表任何问题都能得到及时的解决。

但是，人在濒临死亡时，都想保全自己作为人的尊严。家人和朋友们也无论如何想让他保全尊严。

负了轻伤的腐败议员花大钱要求黑杰克优先治疗自己，但黑杰克不为所动，毅然决然地优先为属于自然保护动物的西表山猫治疗的故事，以及一只野生的鹿由于被人为做了大脑增大的手术而极大地违反了本性，变成怪物不断杀害人类，最终被人类射杀的故事，都说明人类并没有权力任意裁决自然界的生物。

所谓适合所有人类居住和生活的社会，也应该是适合所有生物生存的社会。

我们的医疗行为应该是在牢记什么最重要的前提下进行的。毕竟无论如何病痛、如何年老，人类，是一种一旦失去荣誉就活不下去的动物。

切莫被信息的洪水吞噬

现代社会又称为信息化社会,信息泛滥、过分相信信息已成常态。

但是,如此大量的信息犹如洪水般汹涌而来,是否给予了我们真正有用、有意义的信息呢?

我们是否只顾沉浸在眼花缭乱的商业宣传中,不知何时放松了对威胁生命的信息的警惕了呢?

只对发出信息那一方有利而歪曲信息这种事,我在战争年代不知体验了多少回。

因此,作为一般民众的我们不能总习惯于被信息操纵,有必要注重培养自己的辩证能力。

但是我总觉得,已经习惯"目录文化"[1]的年轻群体,

---

1 指只知道信息的标题,而不理解信息的内容,因而对那些信息不加甄别的现象。

对到手的信息和数据囫囵吞枣，既不分析，也不加以消化。我想对于年轻人来说，取舍、分析、活用信息的能力在今后会越来越重要。

信息量多本身并不是件坏事。信息应该不断公开才对吧。但是，过分相信信息就不太妙了。

进入新媒体时代的社会依然不平衡，这也在情理之中。即使能自如地操纵包括光纤通信、广播卫星、通信卫星在内的立体技术，但是否能利用这些延续并发展人类的传统文化和感性却是个问题。

目录式的信息再多，也无法从中获取独到的构思以及创造性思维。

另外，地域性的特有文化不会受新媒体的不良影响，反而会因之得以延续和发展。

在五六年前，我国也实验性地采纳了新的信息机制，并且部分项目已经逐渐步入实用化阶段了。

在SF，也就是科幻小说中，早在三十多年前就有作品频繁地描写过有关机器人和宇宙开发等高度信息化的社会，如今人们已经逐步将其实现了。在乔治·奥威尔约写于1948年的一部未来小说《1984》中，大家都觉得这太疯狂了，便强烈地讽刺了追求高度信息化社会所导致的负面状况。在这部小说发表的当时来看，对未来四十年之后的预测几乎是痴人说梦，大家都觉得这太疯狂了，但是过了1984年之后再来回味，也只能惊叹于瞬息万变的技术进步。

我认为在使用新媒体播放的时代，老师、家庭、学生之间和睦相处的沟通体制是非常必要的。我在一部名为《教育沟通体制[1]》的作品中描述过，通过这种体制，学校和家庭相互配合，才能形成充分发挥孩子们个性的教育方式吧。或许，还能消除父母与子女之间、学生与老师之间关系破裂的现象吧。

---

1 自创词。原文为エコムズ，英文名为 Educational Communication System，意为教育沟通体制。

什么是必要的信息

我们人的一生中会摄取数量庞大的信息。人类的祖先是从猿人分化出来，并将各种各样的发现作为自己的知识积累下来，从这个时代开始，人类社会便反复经历了大规模的文化冲击，尤其在发现可以利用绘画和记号的手段进行信息传递之后，数量庞大的信息便通过父辈传递给子女、子女传递给孙辈，代代相传。

过去，武士们在战场上对峙时，都会互报姓名。"远者听其声，近者观其姿"，正是说信息传递的手段。除此之外还有"百闻不如一见"的谚语流传下来。这些谚语表明人类习惯通过耳闻眼见收集信息，视听的确是人类收集信息的主要手段。

这里有些相当有趣的数据。NHK（日本放送协会）对15岁以上的人进行调查，调查内容是：如果在用以维持你两至三个月生活的衣、食、住必需品以外，再选一个物品，你会选什么？首先说日本人。37%选电视机，20%选报纸，16%选电话，电冰箱占14%，车占12%。电视机占首位。

再看看美国吧。在美国没有车的话，生活极其不便，因此车占了41%。之后，电冰箱占38%，电话的占比一下子降至11%，电视机和报纸只各占5%！这证明了对于美国人来说，信息来源并不是那么必需的东西。

另一方面，日本人竟有三分之一以上认为电视机是必要的，是因为太过钟爱信息呢，还是处于信息饥渴状态呢？

如今，日本人反感外国的程度已经淡到无法与战前做比较了，在日本人中还出现了无数的外国通。那些人到国外旅游时，他们的行为甚至几乎和当地人没什么区别。这都多亏了丰富的信息。但他们之中有人在海外会意外地感到孤独和困惑。即使自认掌握了充分的信息，能够放心地行走在国际舞台上，但实际需要考虑的事情还是很多。

像这样，无论怎样细致地掌握了信息，但要获得国际间的相互理解，也相当难。再看看现在的日美摩擦，就不难领会到了。据说江户幕府末期，首次访美的遣美使节中有一些政府高级要员，在美方招待宴会上，看到袒露肩膀跳着舞的淑女以及身着正装的绅士时，认定对方是不懂礼仪的低劣人种，而日本人远比美国人高等。像这种抗拒反应，在任何国家、任何时代都会出现。可以说，类似这种曲解也是信息传递出现误差的一个重要因素吧。

但从总体来看，像日本人那般容易地接受信息并能毫不在意地同化为自己的东西的民族也很少见。信息的普遍化和文化的日本化，类似的实例还没有在别国人处见识过。对现在中年以上的人来说，战后那种对美国文化和民主主义的狂热吸收，还历历在目吧。

昭和二十三年（1948年），我在当时流行的所谓红皮书[1]中首次尝试了描绘接吻的场面。当时，漫画都被公认为儿童读物，因此，发现漫画中有接吻场面的父母和教师的反响极其猛烈。我不仅在报纸上遭到谴责，还收到无数封愤怒的来信，到头来被打上了"亡国主义者"的烙印。

但是，四十年后的今天，即使幼儿园年龄的孩子看接吻场景，大人们也不会在乎的。文化的日本化速度之快让我瞠目结舌。

接吻场景渗透进家庭生活的责任首先应该归咎于电视，大宅壮一曾说过"一亿人口尽白痴"，或者电视是"电动皮影戏"等。但37%的日本人，还是将电视机归入唯一希望带上的必需品之中。这实在太具有象征性了。

这样惊人的信息吸收能力和理解能力，与发展中国家照搬先进国家文化的接收方式有着根本上的区别。比如南美洲和非洲各国，以及中东各国的人们，将自身的文化视为文化，将自欧洲传入的东西视为欧洲化，将两者明确地区分开来。对于外来的文化，即使表面上接受，也是照搬原有的形式，保持其原来的样子不加改变。从衬衫这个例

---

[1] 当时的漫画书都是红色封面的，因此红皮书成了低俗书的代名词。

子上就能看到，它们还是传入时的样式，至今也没有结合本土的地方特色加以改造，几乎没有创造出独特风格的衬衫来。但是日本人能像牛一样地咀嚼（理解消化）、反刍（反复回味），他们具有将日本的本土文化和传入的文化进行糅合、中和吸收，创造出最适合自己的东西的能力。

那么，如此钟爱信息，将接收的信息日本化并成为信息技术发达国家的我们，在未来高度信息化社会到来时，会变得如何呢？对于像我这样上了年纪的人，说实在的，理解不了被称为新媒体的各种技术所构筑的新机制。对图文电话、信息网络系统和光缆传输之类新兴技术，我也曾发挥旺盛的想象力，使之频繁地出现在我的科幻作品中。我还亲眼看到有线电视在当今美国不断普及，感叹着"这太方便了"，但是无法想象当它在日本普及开来时，社会会成什么样子。

但可以明确的是，将来我们每一个人都会被相当于当今数十倍的信息量所淹没。我担心，大概再过十年，信息过剩时代来临之际，最先引起的将是我们消化不良的反应——各类信息大量涌入，造成我们头脑混乱，以致消化不了、吸收不彻底，使我们陷入混乱的状态。这是我最担心的。

那么，什么信息才是自己需要的？做出选择相当困难。正确的信息，这个词组实在很暧昧，于是产生了"什么才是正确"的疑问。

在电影《罗生门》中，持不同观点的人们议论当天发生的奸情杀人事件。虽众说纷纭，但都说得合乎情理。对于每个人来说，即使他们都认为自己获取到的信息是正确的，从而指责别人所说的都是谣言，也不能保证他们自己的信息一定是正确的。

新闻报道也是各自随心采访，随意发表独家报道，但是在微妙的地方大家都不一样。进行采访的记者们都是认真的，他们极力地避免发布不正确的信息，慎重地进行取舍选择。但现状是各种报道之间都存在出入，这才导致了信息量的膨胀，使读者搞不懂到底哪家报道才是正确的，任其有朝一日发展成一场大混乱。

我们不能把这数量庞大的信息照单全收，而应该学会和掌握技巧，判断什么样的信息才是自己真正需要的。比起因媒体的过度增多而手忙脚乱地摸索，还不如事先准备好在当今社会生存下来的方法。否则，未来还需要防范因信息过多引发的负面因素，以及发生政治介入的危险。

在前几篇中曾介绍过乔治·奥威尔的《1984》是一部描写对信息实行政治控制的小说。以专政为目的对信息进行政治控制的社会将走向何种结局，通过纳粹德国和战时日本的例子已经非常清楚了。

正因如此，在新媒体普及之前，有必要进行一番慎重的探讨，不是吗？对今后的科学技术，尤其是对领先技术开发进行评估极其重要。特别是在生物工艺学领域中，政府虽然就"生命和伦理"的问题设立了各种各样的研讨机构以防未来发生不好的事件，但是在高度信息化社会的利弊问题上，比起对技术的讨论，软件或者接受者的问题更加迫切。

受众几乎都是年轻人和孩子。他们既是高度技术社会的新生儿，也是未来的人类。有一部分人乐观地认为，计算机时代的新人类也会以他们的方式顺利地适应他们所处的社会。但是，现代年轻人的人生经验尚未成熟，大人们才应该站在教育的立场上教会他们选择信息的技巧。

什么是必需的信息？归根结底，我认为传达生命尊严的信息即是最必要和最重要的信息。

当今社会普遍存在的暴力行径、父母子女间断绝关系以及轻视生命的现象，是孩子和年轻人在成长过程中对信息未加选择地获取及累积所造成的后果。大人们或者孩子周围的环境和社会中反复发生的暴力和犯罪、享乐的性描写等信息，在伦理上麻痹了孩子们的感觉，这是千真万确的。当这类信息变成十倍、百倍，如暴风雨般袭来时，一个人性沦丧的社会也将出现吧。

没有任何政治上的限制、持有为孩子们自由地提供有关生命尊严和生存意义的信息的态度，不正是我们大人们面对高度信息化社会来临时最好的精神准备吗？

阿童木也打不破的隔阂

上一篇说到，无论掌握的信息多么周密，要做到国际间的相互理解还是相当难。在今后必须要以全球性的主题进行对话，但各个民族、各个国家在历史演进中所形成的文化差异却成了一大阻碍。

地球上的人类，分成不同的民族并各自聚集在一起形成了国家，每个国家都有独特的生活方式。当然，也有些国家不断地吸纳外来民族成为多民族国家。

日本和外国在文化习俗方面当然也是千差万别的，即使有这样的思想准备，意料之外的分歧还是相当多。在我的作品《铁臂阿童木》出名之后，我去了一趟美国，其间遭遇了些令我惊讶不已的事。

那还是在1963年，不像现在这样办一个签证很简单，当时每天都得去美国大使馆，去听他们刨根问底地问这问那，最终还得写下类似证明书的东西。日元的出境也有限制，最后我带了少得可怜的现金才被放行。在从事漫画事业的人当中，我似乎是第一个去美国的。说起1963年，就连在美国西海岸也几乎看不到日本人。居住在"小东京"的日本人几乎不外出，东海岸就更不用提了，一个日本人都见不到。

我便是在那种情况下以日本漫画家的身份去美国的。因此美国人一开始没有想过我是日本人。

我入住于罗斯福酒店。凑巧和一对美国夫妇同乘一部电梯，对方时不时地看向我这边，同时用我也大致能听懂的英语交谈起来。

"那是不是黑人呀？"

"不是吧。看上去也不像黑人呀。是不是印度人哪？"

"你看他的鼻子吧，那不是黑人的鼻子吗？"

我见他们依然这个那个地说个不停，渐渐有点生气，于是大叫道："我是日本人！"

他们大吃一惊，连眼睛都瞪圆了。

换成今日，不只在美国，世界各地都有日本人在穿梭。但当时在美国的日本人真的很少见。

接着，我走出饭店，上纽约的银行去取钱。该银行的日裔分店店长出来接待了我。"您好，手塚先生！"他向我打招呼道。我心想连纽约的日本人也知道我，感觉非常不错。谁知道他接下去的话却是这样的——

"您这部作品可真了不得呀。"

"NBC（美国全国广播公司）播放了您制作的动画

片，但这部作品实在不能让我家的孩子们看。"他竟然这样说，"您的作品中充满了打人和威胁人的场景，描写极其残忍，简直和《大力水手》不相上下了。在美国，很早以前就不在电视上播放《大力水手》了。手塚先生现在还将那种动画带进美国，作为日本人的我很是不解。"

他的一番话使我相当失望。

但当我见到了NBC的国际部部长时，他却自夸道："孩子们都非常喜欢您的作品。把《铁臂阿童木》改为ASTRO·BOY，实际上是我家孩子的主意。ASTRO·BOY是个相当不错的名字啊！"

我问道："为什么阿童木就不行呢？！"

他告诉我"阿童木"在美国俚语中是"放屁"的意思。我原先不知道，听了之后大笑不止。

就在心情刚平复下来时，文化差异又一次出现了。

"这部片子的收视率也很好，不错不错！但是，之后的话可能让您不快，您得修改相当一部分的内容，否则很难办。"

首先，天马博士按着死去的儿子的面容制造了阿童木，但因阿童木不会成长，他觉得这并不是自己的儿子，一气之下将阿童木卖给了机器人马戏团，这段内容涉及了"贩卖人口"的问题。因此，这段内容要修改。最后我说服他不重做了，直接把这一集剪掉。

其次，阿童木在收拾坏机器人时，大多把对方打个粉身碎骨、支离破碎。这类表现手法也要修改。理由是简直太像杀人了。如果汽车和飞机被阿童木打成这样还可以接受,但机器人会走路,会说话,有生命。它们再怎么坏,阿童木也不能狠揍它们,杀害它们。这于教育意义上不太适合。

毕竟《铁臂阿童木》的播出时间是周六上午这样一个黄金时间段,而第二天的周日上午孩子们要上教堂,然后孩子们就会将周六看到的内容告诉牧师。而牧师铁定会说《铁臂阿童木》是不好的动画片。

"要不这样吧,阿童木把坏机器人打坏,之后又将它们修复,并向那些被他打坏的机器人道歉。好不好?"部长提出了折中案。

我立刻拒绝了他的提案:"我不做那样的东西!"

还有,阿童木将坏蛋们关进了牢房,坏蛋们抓着牢房的铁栏杆,边哭边求饶的内容也有问题。

"这个铁栏杆和牢房的表现会造成孩子们封闭的性格,希望不要出现。"

"那么怎样表现才没有问题呢?"我问道。

"将一个带锁链的铁球锁在坏蛋们的脚上就可以了。"

我心里想着,这两者是同种东西吧。

影片中出现坟地有十字架的场景,会被认为是宣扬天主教;美国除天主教徒,还有新教徒、伊斯兰教徒和佛教徒;如果使用了十字架,其他宗教的信徒就不会观看阿童木,这样肯定会导致收视率的下降,请务必妥善处理;等等。

逼得我只好破罐破摔,将坟墓处理成一个个土疙瘩。

就这样,《铁臂阿童木》受到了相当多的好评,但在我带入美国的二百多集中,有四十多集被退了回来。

而最让我头痛的是《森林大帝》。

由于这个故事背景是在非洲,照理黑人的出场是理所当然的。故事从一个叫作金刚族的村落开始。美方开始时要求将影片中出现的黑人全换成白人。我说"这怎么可能",于是,美方又提出另一个方案,希望把片中黑人画得像好莱坞明星那样英俊美丽,长成八等身,而片中出场的白人画得再丑陋都没有关系。

另外,还不能把非洲各国的人们全都笼统地叫作黑人。称呼他们时都要加上出生国的国名;腰间也不能系草绳,应该让他们穿西装打领带。那样搞的话还是《森林大帝》吗!

就这样被提了无数的要求。打那以后,我把我的作品又带到了欧洲各国,果不其然,在那里也感到了文化之间的差异。

在我带阿童木出国时,日本和美国之间的距离仍然遥远。那还是在螺旋桨式飞机占多数,并且日本的电视动画还不多的时代。

特意在遥远的东方的尽头制作洋里洋气的电影卖给美国,让美国的电视台给美国的孩子看——为什么日本人要干这种事呢?我对此抱有疑问。而包括美国在内的那些欧美国家的疑问可能是,为什么日本人要把作品卖给我们呢?

现在发生的经济摩擦,是对于类似日本货涌进外国商店的现象的一种不安和拒绝吧,而这种反应,在经济流通和竞争之前已经存在了。

　　我虽感受到了这种针对日本人的如同隔阂一般的东西,但同时也能感受到在这种表象的深层,是一种先入为主之见,认为日本人都很谨慎、节制等。

　　这种隔阂至今仍然存在。

异文化冲突

　　最近，我在蒙特利尔的特鲁多机场一家餐馆用餐。这是一家半自助型的餐馆，客人们都要排队点餐。点餐下单的服务员是一位女性，排到我的时候她故意无视我，直接为我后面的客人点餐。

　　我生起气来，手指眼前的菜单说，我要这个菜。明明眼前就是那道菜的样品，那女服务员却说这个菜卖完了。就算点别的菜也都说没有。但是她给了我后面的客人同样的菜。

　　这位女性是位黑人。说真的，我一直认为，由于黑人有过漫长的受尽歧视的悲惨历史，因此他们应该具有某种达观的境界。但是我考虑得太简单了。

　　可这是为什么呀？歧视实在是个难以解决的问题。无论是美国的黑人也好，加拿大的黑人也好，总是能感受到他们对于黄种人持有的偏见。当然，并不是所有人都是这样的。

但是，正因为受到歧视的一方有过被歧视的惨痛经历，我才过于乐观地深信他们不会成为施加歧视的那一方。受到过歧视的人去歧视别人，大概是因为在无意识中希望做些什么来恢复曾经备遭践踏的尊严、自尊心吧。因为他们同是人，所以也有人所特有的弱点。因此我并没有责备的意思。

我的一部名为《修马力》（修马力在阿伊努语中是狐狸的意思）的漫画中，描述日本人接二连三地迫害一群和平地生活着的阿伊努族人，最后将阿伊努族人的土地和财产剥夺得一干二净的故事。美国过去也有白种人残杀印第安人，并掠夺了他们所有财产的历史。

正因为人们不管好歹地将产业第一、生产性第一推为首要目标，近现代社会才会开始堕落的吧？

不光是肤色的偏见，国家和国家之间的偏见，即使在接近21世纪的今天还是根深蒂固。

人们表面上高喊着国际交流、相互握手，但实际上大家的心思离得很远。

我以这一现状为主题，连载了漫画《异邦人》。故事讲的是一个日本综合商社在南美某国家设立了分公司，一位年轻的分公司总经理被派遣到当地。他在当地遭遇了形形色色的偏见，最终带着妻小逃离这个内乱频繁的国家，躲进了亚马孙河上游的腹地。于是他们在那里发现了保留着二战时模样的日本人居住村，但无处可去的主人公在那里什么也做不了。综合商社的精英被困在仍处于战争时期意识中的村庄里一筹莫展。由于主人公在学生时代练过大相扑，便表演给村民们看，大受村民们的欢迎，最后终于成为村里的关取[1]。就是这么一部讽刺漫画。

《异邦人》中还描绘了主人公的法国妻子自备料理招待村民的场景。但是，日本人几乎没有将客人请到自己家里用餐的习惯。这是为什么呢？

日本的年轻人貌似能与外国人交流得不错，但实际上并不是那样的。

当今，国际间的交流是最重要的，但日本人为什么如此不善交流呢？

最近，在日本国内，到处能看到旅日的外国人。当我们走在路上，听到我们周围有人在用外国语言交谈时，我们有没有稍微转换一下态度呢？我最近开始有意识地和中国人来往，他们中有些人的态度开始有点转变了。可能我们日本人都有一种"给自己、给国家哪怕多挣一点面子也好"的心态。

但是，美国人、法国人和意大利人，不管他们住在什么样的地方，都会很大方地邀请别人登门做客，并将住家毫无保留地展示给别人看。只有在这种基础上，人们才会想要推心置腹地交往。

我的一个中国朋友喜欢日本车站销售的盒饭，每次必定买两份，然后用两双一次性筷子吃盒饭。我告诉他那种

---

1 等别在"十两"以上的力士的统称。十两，日本相扑力士的一个等别。

筷子可以掰成两根使用之后，他露出了钦佩的神色。不久之后我去了中国。在开往南京的火车上，我发现了一次性筷子。发现有趣的东西便马上投入实际使用的中国人也相当直爽。

另外，我的一位美国友人告诉我"在日本发现了一个极好的现象，那便是吃东西时得发出声音的礼节"。

他所说的是日本人在吃乌冬面和荞麦面时发出的"哧溜哧溜"的声音。

初次发现这种现象时，他在感到不礼貌之前，首先感到的是前所未有的文化冲击。这也难怪，在外国吃东西时发出声音是一种极其不礼貌的行为。

但是，那位外国友人尝试着在喝味噌汤和吃乌冬面时发出"哧溜"的声音之后，他郑重宣布道：

"我来到日本之后有了重大的发现。那就是吃东西时发出'哧溜'的声音会使食物变得更加美味！"

听说他回到美国之后，养成了一个习惯，每逢吃意大利面时必定要发出"哧溜"的声音，并把面条"哧溜"一下吸进嘴里。

还有一位外国友人，曾经受我邀请去日本料理店喝酒。到了最后要吃一点主食的时候，我吃第一碗米饭时在碗底留了一些。现在的年轻人可能不懂这个，这是添饭的信号。果不其然，那位外国友人也非常好奇，不断地对着我问这问那。

"这是我还没有吃饱，还要添饭的信号。如果吃饱了，不再需要添饭时，就会把碗中的饭吃干净。"听完我的解释，那位外国人很钦佩，并表示自己也要尝试一下。

去国外时，必定会碰到该国独特的风俗和礼仪。去国外旅游的日本人中有些人对这种事特别不在乎，我行我素；但也有努力地尊重当地的风俗习惯、入乡随俗的人。我当然是觉得后者可取。

最近，海外旅游开始在日本人中盛行，这是接触异文化和不同人种的绝好机会，理当积极参加。

另外，旅日的外国人也日益增多。当初，我去国外销售《铁臂阿童木》的动画时，感受到了他们与日本人之间的隔阂，希望我们不会让旅日的外国人感觉到这种隔阂。

毕竟我们是"同乘"于这个绝无仅有的地球的同伴。跨越国界和海洋实现相互理解是重要的一步。现在可不是人们互相歧视的时候。虽说在历史长河中积淀下来的差异，实际上并不能够彻底地抹去。

并且，通过与异文化和不同人种的接触，才能渐渐明白日本人的固有特质吧。

玩出来的创造力

一直以来,日本人的身上就有类似随声附和、认为在社会上以同样的方式生活才最安全稳妥的特性,并且他们为过着与他人同一水平的同种生活而感到安心。特别是在当今社会的消费文化中,大企业的商品量产化导致每个人都买同一规格的商品,每个家庭都放着同样的家具,吃同样的食品,从同样型号的电视机中获取同样的信息,而日本人为此感到十分满足。

一个曾经见识过日本普通白领家庭的美国人,对眼前的光景感到诧异。相似的西服,相似的领带,相似的窗帘配上相似的厨房,墙角还竖立着同样的高尔夫球杆,无论哪个家庭的男主人,只要一有空,都无一例外地在起居室中摆出一副打高尔夫球的姿势。

因此,那个美国人便在想,难道日本人的个性都一样？所有日本人都满足于这种生活吗？

像这个美国人一样对此感到不快的外国人确实大有人在。他们在自己的国家按其所好穿着不同的衣服，每个家庭怎么开心就怎么消磨余暇时光，从管教孩子们的方式到手制小点心都是千差万别的。但是在日本，一旦有本介绍度假信息的书成为畅销书的话，不论张三李四都会拥到同一个游览景点；一本烹调书受到关注的话，超市中食品区的相关材料就会被抢购一空。连孩子的世界也充斥着随声附和。如果电视游戏的某种商品成为话题，无论是谁都会去抢购。

经不住品牌商品的诱惑也是日本人的坏毛病。一听说是世界公认的名牌便大买特买，也只有日本人才会这么做。无论哪国人，购买国产货的消费层占绝大多数，购买国外品牌货的只有乡下人或者暴发户。日本商品得以在美国畅销是因其高质量被消费层认同。美国人不会只凭品牌名、在没有确认商品质量的情况下便兴高采烈地买下商品。

衣着搭配有品位、有个性、过着自由奔放的生活的年轻人越来越多了。这样的现象固然不错。但是，为什么那些年轻人一旦踏入社会成家立业，他们身上的个性转眼间就消失得一干二净呢？

这一类问题实在让人担心。如果把个性化当成个人主义任意妄为，确实不值得称道。但是太缺乏个性的话，一旦有事，大家就齐刷刷"向右看"，从战争年代走过来的我们对此很是厌恶。

然而，最近流行的噱头中有些有趣的段子。

在漫画中如果谁说了自相矛盾的话，或者把事情办砸了，另外一个人会突然转过身去，做出倒立姿势；或者手脚弯曲成奇妙的角度倒在地上。这是否是对对方的表现表示惊愕而做出的滑稽反应呢？

在我们小时候的漫画书中，主人公遭遇失败时，看到这些的人们会张大嘴巴、摇摇欲坠，或者最多也不过是惊讶得跳起来。

所以，看到人们为表示惊讶做出倒立姿势的图画时，我稍微震惊了一下。

但细细想来，在TAMORI[1]和北野武的搞笑节目中，他们也经常做出类似的滑稽动作。

年轻的漫画家们只不过是把艺人的表现手法带进了漫画之中而已。然后那些动作不断升级，终于变成了倒立的姿势。年轻的读者看了之后也不会有什么太大的反应，倒是我们这些旧人类感到这些噱头相当新鲜。

不光是我们，就连经常看日本漫画的美国人也疑惑地问道："这种动作究竟要表现什么呀？"

这是美国漫画所没有的滑稽表现手法，也是一种无法在国外通用的原创技巧。

再举一个例子。我的漫画中经常出现一个叫作"补丁猪"[2]的奇妙设定。这个设定本身没有特别的意义，和漫

---

1 指森田一义，日本著名艺人，TAMORI 为他的艺名。
2 原文为ヒョウタンツギ，意为"补丁葫芦"。其实是只葫芦，由于看上去像只猪，中文译为"补丁猪"。

画故事本身更是完全没有任何关系，总而言之，就是一种涂鸦。我让它在失败的场面中突然登场，或者在一本正经的故事走向下冷不丁地出现。读者们当然是很吃惊，数不胜数的询问接踵而至，想搞清那到底是什么东西。不久，"补丁猪"那无意义的特性反而被读者们接受、喜爱，成了我漫画中最有人气的形象之一。

而美国人和欧洲人都猜测不出"补丁猪"到底是什么。开始时他们是皱着眉头看着的。但看习惯之后也渐渐明白了这个形象所具有的那种无意义的幽默。最近，他们高兴地告诉我"这是一个很独特的人物形象"。

更让我吃惊的是，大约三年前，一本美国的漫画杂志寄到我这里，我发现其中有篇美国人画的漫画中居然出现了"补丁猪"。

也就是说，我的独创形象终于出口到美国了。

当今日本漫画的各种表现手法都是以欧美漫画为榜样发展起来的。欧美的漫画在世界上畅通无阻。在这些手法上加点原创的东西，就会形成一种超级有趣的独特风味。与其说是模仿，更应该谓之创造。

日本近代文化的大部分都始于模仿西欧文化。这些从西欧文化中学到的知识通过日本人创造性的调和，接连不断地诞生出了颇为独特的东西。

例如豆沙面包。日本人在这方面的才能一直很出色。

最近去过美国的人大概都知道当今美国的"豆腐热"相当红火。他们在吃豆腐时抹上点番茄酱，还有人发明了豆腐冰淇淋，乍一看和普通的冰淇淋没什么两样，但由于是大豆做的，吃上去有那么点豆腐味。这种食品特别受节食中的女孩子欢迎，其畅销程度之盛，使发明者转眼间便成为百万富翁。

这是把冰淇淋这种欧美食品，和豆腐这种东方食品对接起来，这个独特的发明丝毫不亚于豆沙面包的创意。当然，豆腐冰淇淋受不受日本消费者的欢迎另当别论，最起码它已经成为一种出色的美国食品。

这种异文化之间的对接中，包含一种玩心。日本人应该培养一种善于从各种游戏和玩乐中发现创意的好习惯。

最近，日本人，特别是经济界和知识阶层中的有些人，狂妄地说"欧美已经没有什么东西值得我们学习的了"。这种言论本身不就是丧失对异文化的兴趣，削弱"爱管闲事"的禀性以及好奇心，造成心灵老化的根源吗！

所谓有生存价值的人生，不正是每个人将各自的个性掺入按部就班、整齐划一、千篇一律的人生中，使其变得独特的过程吗？

如果人生的设定是允许无数次重新来过，那还好说，但问题是人生只有一次。大家都不想活在狭窄的围墙中，过着令人窒息的一生吧？

人生，应该在翻过大山、横渡大海、跨越国境去与各色各样的人充分交流的同时，获得更多的新发现。通过学习其他国家，就能更加了解自己的国家以及自己本身。

小巷子中的奥妙

到目前为止谈到了一些有关不同文化之间交流的话题。那么，我们实际上居住着、生活着的场所之间又是如何"沟通"的呢？可以说，这和街道的现状密切相关。

日本的城市中必定有市场的存在，它就像一个城市的区划的标志。城市与城市之间通过市场进行交易，城镇与城镇之间也形成了区划。所以，没有市场便形成不了城市。

在卑弥呼时代，中国来的使者曾经问道：邪马台国的范围是从哪里到哪里呀？当时的日本人回答说：从市场到这儿便是。据说这便是这种区划方式的起源。日本的城镇、大城市的现状相当有趣。

总之，包括交易空间在内的生产空间，与所谓的城市消费空间之间的界线相当含糊，所有日常行为都围绕着一个核心在运作。这种城市结构在其他国家是看不到的。

也就是说，我们这些在这种环境中生活着的日本人，不正是处在最便于接触街道周边的生物和自然环境的立场上吗？

但为什么这几十年来，我们要模仿别国隔离城市空间的举动呢？

那好像是1970年世博会时的事了。日本开始参照经济高速增长的西欧先进国家打造城市结构。

日本室町时代和江户时代的城市建设中，最看重的便是街道建设。而西欧先进国家的城市中心是广场而不是街道。街道只不过是连接广场和广场之间的通道，街道后面的小巷子更是光线暗淡、阴森无比。

就这样，政府硬是要与日本自古以来的做法逆向而行，模仿西欧的城市建设。打那以后便产生了相当大的弊端，我感到这样的城市建设甚至将自然环境也排斥在外了。

与丰富的自然环境无缝衔接的街市，如今，还能不能设法将自然空间带到现在的城市空间中来呢？

这其中存在着各种各样的问题。

首先是经济高速增长带来的土地问题。以原来的国铁用地为首的公有土地不断减少，都变成了私有地。我们所认为的公共广场实际上已经是私人的领地了。

国家把属于国民集体的公有土地都卖给了私人，这样的做法好吗？在这一点上，西欧先进国家的做法与我们正相反。西欧先进国家是尽可能地增加公有土地，绞尽脑汁、有计划地为国民谋取福利。

干净的河流固然重要，但所谓的原始空间，像土地庙周围那样的林子亦然重要。

土地庙的林子都不在平地上，必定是在有石阶通往的高处。为什么是这样的呢？因为平地一般会被市政用来修路，而高处不易修路。因此，土地庙的林子才得以形成一个特殊的空间。

由于土地庙的林子都在高处，即便有泉水也不会受污染；因为公路通不到那里，树木在那里自然地生长，昆虫和鸟类渐渐聚集，那里就成了一种共享空间。

人生中，余裕是一种重要的因素。我在旅行中，特别想去看看隐藏在各个街市中的小巷子，因为那里渗透着各种各样的人生气息。特别是在院墙边呀、屋檐下呀、排水沟旁呀，每家每户之间的间隙中，散发着无与伦比的魅力。

最近，居民小区有些增长过度了。所谓的居民小区，就是一群人住着同样的房子、毫无生活气息的一个地方。楼和楼之间铺装着笔直的道路，驾车一两分钟便可以从小区的一头到小区的另一头。这的确是既合理又方便的空间，但与此同时，如此缺乏余裕的空间也实在罕见。

你在小区中来回逛逛试试，你会觉得很有意思吗？

在小巷子里你能体验各种东西，所以会很愉快，这就和游玩差不多。不单可以走走看看，还可以购物，和店里的人聊家常。

那样的空间已经逐渐淡出大都市，取而代之的尽是合理化的便利店、自助洗衣店，以及自动售货机，实则萧瑟至极。我不禁想到，年轻人越来越不会聊家常、不会与人交流的现象是否就是上述原因导致的。

名古屋有个叫作大须的城镇，那里供奉着一尊观音像。每到庙会的日子便人山人海。市政为了人们出行方便，开通了一条三十米宽的大路。这的确带来了方便，来往车辆能"嗖嗖"地飞快通过了。但重要的人再也聚集不起来了。那是因为道路加宽了，穿越马路极其费时。

从这个例子中我们可以看到，合理化的建筑规划吞噬了余裕和消遣的空间，反倒使人们对此敬而远之了。

我喜欢那种叫作长屋的江户时代大杂院。乍一看，到处是多余的空间。比如说，每两个院子之间必定有一口井，而那井边便是各屋内当家的社交场所。那里是坊间传闻的发源地，还是智慧和妙点子的诞生地。但是，当每个家庭都用上水管时，井台成了无用之物，井台会议也随之消失。没了日常交流和沟通的内当家们，连平时见面时的招呼都懒得打了。

进到长屋里面，极其狭窄的屋子里包含了客厅、檐廊和带橱窗的神龛。像这类多余的空间随着住宅的现代化都被彻底排除掉了。再请看看如今的客厅。只是在一大片白墙上挂上一张（超现实主义）油画，或者挂上（壁挂）织锦。你不觉得缺了一点余裕吗？

我觉得，以前的人比我们更能领会生活空间的余裕。即使再简陋的独栋大杂院，只要有客人造访，也有请客人喝茶聊天的余裕。这绝不是房子大小的问题，而是有没有消遣空间的问题。不正是因为失去了这种微妙的余裕,才导致家庭之间的冷漠和隔阂吗?

你知道蝴蝶的气味吗

最近，我去了一趟中国。这四五年来，中国的都市建设不断地发生变化，全面实施了颇具现代城市意识的合理改造计划。

迄今为止环绕在北京四周的城墙几乎都消失了，立交桥建成之后只余下一座城门。也可以说城市和近郊间的界线消失了，城墙内外及其周边、近郊的人们的生活差距逐渐消失、平均化了。

以前，每每来到中国时，都能看到骡马驮着小山包一般的草料，一匹接着一匹走进城门的光景。而现在的市中心，不要说骡马，连只狗的影子也看不到。这是由于以城市为中心的方圆十公里内，骡马因受到管制而不得进入。

或许，对现在的中国而言，有必要将其向着现代化城市面貌的转变之彻底展示给我们外国人看，但是另一方面我又因此感到空虚。

真的，就连一只苍蝇也找不到。可能被人们有意消灭了吧，还出了相关的书籍。有一本名为《治虫》的书，起初我还以为是一本关于我的书，于是就买了下来。打开一看，竟是本介绍杀虫剂和驱虫方法的书。这类书到处皆是。现在不只苍蝇，就连以前在天安门后面的公园中到处飞来飞去的蝴蝶，也完全见不着了。

以前在一个大公园的一角有个鸟市。上了年纪的人提着笼子，带着自己养的鸟儿到那儿，比比谁家的鸟儿叫得漂亮，有时还互相交换。一些小孩子也带着自己的鸟儿到了那里，发现鸟儿死了的话，就将其从笼中掏出，随手扔在地上，接着便不知被谁踩了，留下一地肉饼。尽管曾经有那么多的鸟儿集中在这里，但现在再打听鸟市所在之处，也只能听到一句："哎，到哪儿去了呢？"

这情景与二三十年前的日本极为相似，以致我产生错觉，寂寞之感油然而生。

西洋以及中国、印度的城市必定带有城墙，城墙内的城市空间和城墙外的空间的那种性质迥异的观念是日本所不具备的。

中国还保留着自然环境，但保留的方式有一点粗暴。可以称为置之不理吧。如果中国就这种状态一个劲儿地开发，推动经济高度发展下去的话，大自然终会消亡。

虽然上海周边、苏州等地都在不断地砍伐，但是似乎还没有引起人们的关注。

我这次去中国，是应邀出任动画节的评委。这次发生了具有象征意义的小插曲。

在这次动画节的参展作品中，有一部由加拿大动画家制作的、曾获得奥斯卡奖的作品——《植树的男人》。它讲的是一位由于某种原因失去了妻子和孩子的男人，决心一生投入植树工作的故事。他日复一日、年复一年地将种子一颗又一颗地播在加拿大的不毛之地，用手杖一遍遍地拍打地面。但是他种植的树或在第一、第二次世界大战期间被砍伐用于军事用途，或者被暴风雨摧毁。即使这样他也没有泄气，而是继续努力，最后他留下了一大片森林。

但是，与会的中国人似乎没有理解这部作品的含义。因此，这部动画片没能在动画节上获奖。

我曾邀请这个加拿大动画家来日本。他原先大概以为日本更加荒芜吧。带他去皇宫和明治神宫游玩之后，他才说，他从不知日本有这么好的绿化。我建议他不如上高地看看。他去了之后脸色铁青地回来，竟然说加拿大的绿化比日本差多了。此言一出，倒让我吃了一惊。

在具体的个别事例上，很难说出哪一方更优势或更劣势。总而言之，国情不同，现状颇有不同。但是，从地球整体来看，森林以及自然的危机无疑是在不断深化。

在建筑方面也出现了复旧的风潮，为了达到温暖、柔和感、亲肤等目的，人们大量地使用木材、纸张和纸拉门。这样的现状大为不妙。我们必须考虑开发一些更适合的材料了。

话说，日本人的鼻子似乎很灵，对气味很敏感。日本人对自然环境的情感和触觉中，不正是气味占了相当大的成分吗？

　　花草树木的气味就无须多说了，我个人相当喜欢蝴蝶的气味。不知道大家有没有闻过。怎么形容才比较贴切呢？那是一种无法言说的生物的气味。

　　还有独角仙（一种昆虫）的气味。闻起来就像橡树和栎树的树胶味。而蜻蜓呢，则有种秋天花草的清爽气息。

　　原本嗅觉发达的日本人，是不是因为城市空间的异变而嗅觉钝化了呢？虽然能够嗅出胡同小巷中拉面的香味，但好像已经嗅不到四季交替所散发出的微妙气味了。

　　以前，中曾根首相曾经说过要观察鸟类，因此我好奇地打听首相官邸有什么样的鸟经常飞来。结果得知是乌鸦、麻雀和鸽子。就这种程度也算是观察鸟类？他应该多记住些虫子和生物的名字，然后再去了解一些它们生活在什么地方、寿命几年、吃些什么之类的知识，才会清楚在公园里种哪种树能吸引相应的鸟儿过来栖息，才可以在行政上开展丰富绿化、为人类造福的都市建设。就连这种程度的事都当作理想来说，实在太可悲了。这不应该是虚妄之谈。

　　《铁臂阿童木》的系列动画片被出售给美国的一家电视台时，我应该公司的邀请去了美国。因为喝了很多酒，他们怕我回去路上醉了，因此没让我搭计程车，而是把我送到了地铁站。

　　那地方是一个小乡村，车站一边是住宅，林荫大道整整齐齐，相当美观，而另一边却保留着杂树林。我问道："为什么不在那一边建造住宅呢？"他们回答道："在那边建造住宅就不得不把杂树林砍掉。如果只是一间的话还没有太大的问题——手塚先生,您再稍微等等。"

既然这么说了,我便呆呆地等着地铁的到来。等待中,月亮升到了杂树林的上空。

"您瞧,怎么样?从这个位置看到的月亮,实在太棒了,不是吗?所以市里才决定绝不砍伐这一片杂树林。因此,我们也不能在那儿建房。这样的话我们的子子孙孙也能看到那美丽的月亮了。"

我听了之后深受感动,这是和日本多么不一样的做法啊,又不禁羡慕起来。

像日本那么狭小的国土上竟造了那么多的高尔夫球场,拆掉二三十个球场,建造些个观赏月亮的草地不也很好吗?

不过,我很讨厌特意从别的地方找些昆虫放入人造自然中的做法。如果这个空间无法吸引昆虫们自己过来,绝对是失败的。

为了吸引萤火虫从埼玉的乡间迁徙到东京来,光是将水处理干净是不够的。水不但要干净,还得有甜味才行。

我们孩提时代到处奔跑过的山野、回荡在树林中的风声、小河中成群的鱼儿、随处可见的昆虫,还有那灿烂盛开的花朵……现在再也看不到了。但是,这些都还有挽回的余地。

只要有这种意识,现在补救还来得及。即使不能完全恢复原状,但至少不要再失去今夜的明月和明日的蓝天了。

人类的欲望

我们都以为能生存在这个世上，凭借的是一己之力。但是，我总是不禁想到，是充斥于宇宙间、肉眼看不见的能量，使我们活了下来。人类只不过是这个永恒无尽的宇宙生命中的一粒微尘罢了。

虽然人类是微小的，但一想到从极小到极大——整个宇宙都紧紧相连、相互呼应，你身心的某处是否有一种安心感油然而生？

生命是有限的。时候到了，我们就不得不与我们所爱之人——父母、妻子或丈夫、孩子、恋人及自己永别，这可真是荒唐。

但是，假如火之鸟给予我们永生之血，那情况又会怎样呢？

在仅有的一生中活上千年、万年，或者在所有生物绝灭之后还活着,是一种望不到头的惩罚,这绝对比下地狱更残忍。

即使寿命得以延长,充其量不过八十年,也难免稍感凄凉。这才刚悟出点人生之道,便是"好了,到此为止,拜拜"。

即使是到了别人眼里"老人"的年纪,那些还在为了未了的心愿而挣扎的人,对于他们来说,又有谁笑得出来呢?《新·浮士德》中登场的生物化学领域的权威——一之关教授,在学生的眼里只不过是一个跟木乃伊差不多、步履蹒跚的老人,他的课一点儿人气都没有。他的人生早就结束了。

这位老教授穷尽一生一味地钻研学术,还未体验过快乐便已到了垂暮之年。为了将宇宙的真理钻研到极致,加上还想尝遍人生的快乐,便与魔鬼孟菲斯特签约,希望能够返老还童,将自己的人生重来一遍。

孟菲斯特给他看了一个玻璃球,玻璃球中有一个美女。老教授心中暗暗发誓,哪怕走遍天涯海角也要把这个绝世美女弄到手。

终于,这个一之关老教授摇身一变,变成了一个名叫坂根第一的极具才华且野心勃勃的年轻人。这个年轻人的头脑中有关一之关教授的记忆已被抹去,他的梦想是亲手创造出生命体,并自由自在地操控它们。并且他希望这些生命体是这个世上从未出现过的新生命体,而他本人要像上帝那样操控它们。

我觉得,这种行为已不属于神的领域了,而是属于恶魔的领域。并且，唯有人类才会让欲念膨胀成无止境的梦想吧。

地球上首次出现生物是在三十六亿年前，诞生于大海的混沌之中。唯有大海才知道生命诞生的秘密。追根溯源，人类也是从大海母亲的怀抱中诞生的，可如今人类却想掌握包括人类生命在内的生命诞生的秘密。

《新·浮士德》正是以"为人类实现生物工艺学巅峰的愿望"为主题的故事。

大海经过几亿年周而复始的努力，才将单纯的蛋白质转化成微生物，而坂根第一却想通过在实验室里操控基因创造出新的生命体。并且其欲望一发不可收拾，竟想创造出新的亚当和夏娃。

生命的本质是什么？这个问题在科学和哲学的领域里都是终极的命题。这是个永远的秘密、永恒的谜题。这简直是亵渎神灵的大不敬的命题，同时也是个魅惑人心的命题。弱小的人类经不住魔鬼的诱惑，不知不觉中向魔鬼寻求帮助亦在情理之中。

如今，发展迅猛的生物工程在应用上如不慎之又慎，其结果和出卖灵魂给魔鬼没什么两样。哪怕稍稍改变一下基因，也都有可能把生态系统搞得一团糟。

当然，为科学的进步感到欢欣鼓舞并没有错。一方面，科学的进步使人类更多的梦想得以实现。人类终于登月成功就是一个例子。但是请记住，这只不过是人类迈向宇宙的第一步。毕竟宇宙如此浩瀚无际。另一方面，请切记，正因科学的进步，才使得无数的生物，包括人类失去了生命。

我真心希望人类的"善"比"恶"哪怕是多一点点也好。

探索生命之谜依旧会是人类的梦想。但是,无论这个谜解开了也罢,没解开也好,活着——生命本身,已是十分了不起的了。

我只祈求,人类不要过于热衷探求生命之谜,以致毁灭了生命。

"恶"的魅力

不少人说手塚漫画充满了人文主义的味道，说我画了不少以"恶人"——有如恶魔般的人物为主人公的漫画。

这么说也许有些唐突，我认为我所创造的人物无一不是我自己的化身。

因此，所谓"恶"，是我将自身消极、羞耻的一面变成一个具有象征意义的人物形象，然后他便成了反派。"恶人"和坏人是有点区别的，但都是深陷于烦恼之中的人吧。

要是把我漫画中的反面角色糅合，塑造成一个人物，那他就不是"恶人"了。以独立的特质塑造"恶人"形象，其"恶"便会被放大，才能显得十恶不赦。

比如说我的作品《MW》中的登场人物全是"恶人"。但这些人物我都非常喜爱。那是因为我能感受到他们内心的脆弱之中透露的可爱之处。

反过来，像阿童木那样的道德和善良的化身，有时反而会遭到极大的排斥，或者让作者感到不对劲以至于想要逃离。我强烈地感觉到这种厌恶，是在《佛陀》的创作快结束时，只想尽快结束这部作品，甚至问自己为什么会画出这种东西。

《MW》的主角在自己将死的瞬间，竟然企图让全人类陪葬，打算将某国占领军秘密藏匿在驻军基地中的有毒气体搞到手。就是那样一个青年，在儿时曾受到同一种有毒气体的侵害，也就是说他是个受害者。

尽管如此，我为了不把他描绘成十足的"恶人"，还是在某些地方赋予他魅力。

这位主人公儿时路过一个小岛时，岛上的毒气泄漏，毒死了所有岛民。而他和另外一个长大成人之后成为神父的少年，由于当时恰好在上风口而奇迹般地获救了。但是日本政府和占领军却将这个事件的真相完全隐藏了起来。

我想传达的虽然是政治的残虐和恶，但在描绘一个个人物的过程中，创作体现罪恶的人物时，颇感魅力无穷。

"上帝和恶魔有什么不同？"这句台词出自一位受主人公引诱的女性之口。听了这句话的神父一边憎恨主人公魔鬼般的人性，一边又离不开主人公，他也是个有弱点的人。说起来，他也感受到"恶"的魅力了吧？

"恶"，是不是人类这种有限的物种之中一种相对的东西？不知希特勒到底有没有感到过对于纯血主义或者民族至上主义的"恶"？

《MW》这部作品在创作的最后关头也没有考虑过结局应该如何处理。在最后的画格中，我描绘了主人公冷笑的画面，以此寓意"恶"的胜利。

在今后的漫画界，劝善惩恶题材的作品应该会盛行吧？没有理由，没有原委，在故事的一开始就善恶分明的作品会越来越多吧？因为他一开始就是坏人，别人也不能多说什么。

我们所界定的"恶"的概念和条件之类的东西，全部被灌入了作品中。"恶"是被创造出来的，不是让人最终得出"恶"的结论，而是一开始便强制性地让你接受那是"恶"，这是最近一些作品的套路。

我曾经参加过《三眼神童》的动画特别版制作，为此重新整理了故事结构。作品中设定了一个比古代玛雅人更早建立文明的名为三眼族的虚构民族，该民族的人额头上都有一只类似神经组织的第三只眼睛，能发挥出超常能力。那三眼族的后代中有一个名叫写乐的男孩，被一个男子利用，为寻找三眼族埋藏的宝藏踏上了旅途。

我们就那个拉拢男孩的男子展开了无数次的讨论，最终从故事框架大小出发，将那个人设计成了与三眼族对等的、另一个民族的后裔。虽然在大框架上是个比较理想的设计，但是那个人等同于敌人的公式并不成立。为什么这样说呢？两个民族很久以前可能是死对头，但现在没有延续这种关系的必要。这样的话，就无法产生憎恨和悬念，也就是说，那个人无法成为"恶人"。

无论如何也要将这个男子塑造成十足的坏蛋才行。久经考虑之后，我们最终决定将他设定为纳粹的后裔。这的确是个非常好懂的关系图。

"恶"的条件、"恶"的现成例子数不胜数。如不符合某种既成的模式那就不能算是"恶"，"恶"有"恶"的界定标准——谁都没有意识到的"恶"（不符合世俗观念的"恶"）是没法以"恶"的面貌表现出来的。

政治上的"恶"要得到宣判的话，可能要等到几十年之后。就像中国的"四人帮"，等到被问罪时才会出现声讨他们的社论，只能像这样从结果上去判断。如同希特勒的后代等于坏人那样，由于"希特勒"这个既成概念便代表了"恶"，因此不把这类公式（证据）放在公众的面前，谁也不会信服。

抢劫绑架者是"恶"，小偷骗子[1]是"恶"，逃税者是"恶"，暴力教师是"恶"，像这样按照恶的公式进行对号入座方能使公众信服的做法，是现今的时势。这才是面向大众的小说的基本核心所在。

可是，圣人君子少之又少。普通人既有"善心"，又会有"恶意"；既能"行善"，又能"为恶"。如果人类缺乏这种认知的话，那才是问题所在啊！

---

[1] 原文是"二十一面相"，是派生词，源自"二十面相"。"二十面相"是日本著名推理小说鼻祖江户川乱步的小说中的人物。此人擅长化装，可以化装成二十种以上的脸型用于行骗和偷窃。因此，"二十面相"是小偷骗子的代名词。1984年发生的格力高、森永案件的犯人以"怪人二十一面相"自称之后，"二十一面相"成了易容犯的代名词。

负能量

在《新·浮士德》中,恶魔孟菲斯特是以女性的形象登场的;而另一方面,女主人公真理子却又像殉教徒。说实在的,我并不喜欢这样。比如说,像陀思妥耶夫斯基的《罪与罚》中的索尼娅,我同样感觉与之合不来。

作为作者,即使自己讨厌的人物出场,也要努力画得像自己毫不在意一样。但无论怎样努力也难免在某些地方暴露自己的喜好。

我把在这些作品中登场的"恶魔"叫作"负能量"。

这既是一种支配人类的力量,同时也是所有物质中强大的存在,这股力量最终会毁灭物质。

负能量相当之强,我对这种从正到负的质变过程,或者应该说是运动演变的过程抱有相当浓厚的兴趣。

我并不认为我是个很好色的人,但我对性有这样的一种印象。

我对运动的东西，或者是有动作的物体都会产生"情欲"。因此，在表演和舞蹈中，无论对象是男是女都让我感到兴奋不已。

这是因为我觉得动态与性行为是同样的存在。

即使只是形状的变化也让我感到魅力无穷。例如云彩从一种形状变成另外一种形状，而一旦形状定型了，就再也无魅力可言。

可以说，正是为了弄清动作的魅力所在我才开始制作动画片。这或许是我的一种自我安慰行为吧。

胡子大爷从天上掉下来，摔扁在地上之后又恢复到原来的样子。其间，摔扁时如何变形，撞到地面那一瞬间的姿势，是我最想画的。

为什么在这种情况下会感到"兴奋"呢？因为我从中体会到了生命力。在动态的触觉中，感受到了鲜活，感受到了娇媚。

反之，我相当讨厌静止的东西。因此，不光是在动画片中，就是在我的漫画中也可以看到有很多"半成品"，画这类场景时我总是特别享受。

一成不变的姿势、帅过头的动作都是小人书中的主人公所应有的，我对这种东西既不感兴趣，也不想去画。

正因为如此，我才会因为在创作漫画的过程中获得快感而心满意足吧！也许我本来就是个"欲求不满"的人吧。

有点偏题了，总之我想说明的是，变化的过程相当有趣。因此，对于被负能量传染得一塌糊涂的现代人，我很是关注。

但丁的《神曲》中最有趣的要数《地狱篇》。这个人间地狱，或者说这个只剩苦难的世界，对于画家来说也极具吸引力。因此，即使是恶魔也必须充满魅力。由于我是个男的，因此把《新·浮士德》中的恶魔设定为女性的话更容易描绘。

陪伴在自己左右并将人生中的一部分拿出来缔结契约，从这一点看来，对男人而言，女人便是孟菲斯特吧。

《新·浮士德》的主题虽然是生物工艺学，但是我却想把故事深入到地球的原始时期，把在那里感受到的一种生命力似的东西带到当下。

歌德的《浮士德》中有个刚一出场便消失的名为霍尔蒙克斯的人造人，但在《新·浮士德》中我让他贯穿整部作品。激进派的领袖人物石卷遭到了孟菲斯特的杀害。临死之际，他把自己的精子交给主人公坂根第一，嘱托他"好好培育，将来运用到生物工艺学的实验之中"。

结果，石卷的精子令克隆人诞生了。因为这个克隆人是石卷的分身，所以具备石卷的革命精神和斗争精神。但不知道坂根是如何考虑的，他最终把这个克隆人改造成了霍尔蒙克斯那样的新生物。

结果，这个霍尔蒙克斯型生物破坏了整个地球……整个故事是以我对生物工艺学的不安、抗拒为主旨创作的，这样一来，就把原作中但丁引入的"救赎"部分全部抹消，浮士德就真如传说那样坠入地狱了。

如果编得不好，整个故事将以没有希望和梦想的悲惨结局结束，因此作为作者还是应该引入救赎的因素，但是有关太明显的妥协这一部分我纠结了很长时间。

　　可以说，对倒着坠入地狱的罪恶的魅力以及负能量的可怕之处愈是了解，生命的美丽和美妙便会愈加灿烂地呈现在我们的眼前。

漫画本是反传统的读物

如今的漫画创作很艰难，不仅是漫画，其他的创作也是如此。因为很多与英雄对抗的反派角色的形象塑造得好，反倒成了"英雄"人物，人气竟盖过了正派角色。

那些反派角色恶狠狠的样子和厚颜无耻净干坏事儿的形象反而赢得了读者的好感。结果作者当初的创作主题和动机完全被颠覆了，以至于连作者都搞不清自己在创作什么了。

我在创作漫画时，总会和所有出场人物保持着一段距离。

这样的话，我心中会涌现出一种造物主似的感觉。也就是说，我以造物主的身份，用一种教唆出场人物做坏事的感觉在创作漫画。

我自由自在地操纵着他们，冷眼旁观并做出指示，一想到自己所处的立场，造物主的特权和意识也变得特别有实在感。我摆弄各种人生，还能随心所欲地改写他们的命运程序，说白了对于造物主所干的坏事儿我深有体会。

有的读者说我的漫画非常冷酷，让人受不了。这可能是因为我在创作时，不管是正派主角还是反派角色，我都会和他们保持距离吧。像这一类的漫画作品，大人暂且不说，小孩子尤其不适合阅读。

即使这样，我从来没有把他们当作坏人去画，而只是把他们当作某一种类型的人来描绘。

其实，漫画这种媒介本身就是反传统的。并且，不论什么题材，反传统得越厉害越有趣。比如说，帅哥美女的题材适合小说和电影去表现。如果漫画也去画帅哥美女，就落俗了。

漫画有漫画的作用。漫画就是用来颠覆尘世间固有的道德和观念的。

其次，漫画是一种符号，能跨越国界，也能超越世代。

为何说漫画是符号呢？比如，要对完全不懂日语的外国人表达"脸"的意思时，就算用"KAO[1]"发音，对方也不懂；如果对方不识汉字的话，即使写给他们看也不会理解。

但是，如果你画个简单的圆圈，在圆圈中点上眼睛和鼻子的话，对方立马就明白了。所以说漫画是符号。可以

1　日语中的"颜（かお）"即脸的意思，读作KAO。

说，漫画是世界通用语言。

还有某些东西，非动画是无法表现的，那就是动画的模拟现实能力。某些主题由活人来表演会显得非常俗气，令人不悦，难以接受。

比如，反核主题的动画片《当风吹起的时候》[1]，影片中描写核辐射的恐怖场面就属于此例。

用动画片表现的话，在那里挣扎的人们虽然显得很真实，但那毕竟不是真人，所以观众会有一种安心感。

而且因为是模拟现实作品，主题高度凝练集中，所以给人的震撼还是不小。和伊索寓言的主题一样，虽然故事非常单纯，但给读者带来的震撼是永久的。

这便是漫画这种武器的威力所在。

更值得一提的是漫画还有浪漫的力量。漫画具有亘古未有、波澜万丈、惊天动地、惹人发笑、荒唐无稽等力量，我相信这种力量能激发孩子们的冒险精神、梦想的能力和批评能力。

如果失去了挑战未知领域的冒险精神，这个世界将只剩下无趣。这里所提到的冒险精神，并不只是飞向宇宙，突破现状也是其一。

大人没有权利剥夺孩子想要挑战世界的浪漫。

我们有必要反思，这个社会是否俨然出现一种按大人标准来的好孩子的文化氛围了。

漫画本来是感性的表现形式，如果被现实主义束缚，

1　原名为 When the Wind Blows。由英国作家 Raymond Briggs 于 1986 年发表的反核主题漫画改编成的动画片。

那么失去的远远不止是梦想和浪漫。在这一点上，漫画家和孩子在某些地方是相通的。

如果父母和老师觉得孩子们挑战传统是愚蠢的而剥夺了他们的这一权利，那就是大人的法西斯主义。

作为替孩子排除所有障碍的回报，大人不允许孩子失败。这样的话，孩子永远只是孩子。

我非常渴望能够建设一个宽容的社会，允许孩子们进行形形色色的尝试和挑战，并且创造出一种文化环境，培育他们再接再厉的挑战精神。

继续认真"讲"话

我为什么会从事漫画工作?因为我喜欢漫画。从我还是小孩的时候,也不管发不发表,就画了三千多张画,打那时起,我就没有放下过画笔。

自小我就生活在自卑感所带来的胆怯中,最初的自卑感来自于画漫画。

因为以前,漫画家这种职业一直被人看不起,遭人冷嘲热讽。

我有数不尽的自卑感。小时候个子小不说,头发还是鬈毛……面对战后进驻日本的美国兵时也有自卑感。有一次,我遭到一个醉酒的美国兵的殴打,自此以后,我一直怕美国人。说实话,我一度不想去美国推销动画片《铁臂阿童木》。

但当《铁臂阿童木》以ASTRO·BOY之名在美国播出后，美国电视台的老板都不相信这么棒的作品出自日本人之手。当受到这样的赞扬时，我的自卑感"扑哧"一下消失了。当一种自卑感被克服时，那份喜悦是无法形容的。

但并不是所有自卑感都会烟消云散。我将一辈子都像一个新人一样，为读者人气投票担惊受怕。

以前一被朋友夸奖画得真有趣就会开心得不行，虽然现在也依然如此，但回想当时，真的是以纯粹的感情在画漫画呀。暴力的场景、血腥的场景、色情的场景、吃人的场景，所有被视为禁忌的场景我都画过。

我画了四十多年的漫画，每当我快要灰心丧气时，就会被所谓的"主流漫画"激起敌对情绪，心中骂着"这些混蛋"坚持了下来。我也是这样激发自己对青年漫画家的斗志的。就好像四十年来，我一直依靠不服输的心态走到今天。反过来说，正是因为有了自卑感和害怕的心理，才得以坚持到今天。当然了，我至今还有自卑感。

我不太相信那些现在正畅销的漫画。想到那些漫画不久就要人气凋零便觉得有趣，脸上挂起了冷笑。果真如此。可是，一旦漫画不再畅销，那些漫画家便毫不留恋地搁下画笔向漫画道别了。这不是我要看到的结果，觉得有些遗憾，或者该说无趣。

要是换了以前的漫画家，他们就会像抓着救命稻草似的死抱着漫画绝不放手；如今的漫画家，结束得干脆利落，建个公寓便安然度日。我对那些年轻漫画家的做法很是惊讶。

我一直以为有趣的漫画才是大家所期望的，但流行造成的影响超越了"有趣"这种感觉，结果，这种流行漫画随着时间的流逝而消失。下个时代又是不同的流行趋势，随之又消失，周而复始而已。

总而言之，做了四十多年的漫画工作后，我陷入了一种奇妙的错觉中。如果我的人生连续剧在某个时间点画上了句号，马上就有人会来顶替我，而我不就可以开启人生的新篇章了吗？所以，我也就不太爱惜自己的身体。反正，这个身体是一次性的。如果死了的话，扔了不就可以嘛！在这种思维的深处却是这样的：下次买个新的不就得了吗？我的人生没有几年就会走到尽头了吧？啊！是吗？如果这样的话，就算已经患了病，就算稍微粗暴地对待身体也无所谓，反正到头来也是一次性的。

但是，再仔细想想便有些头皮发麻了。对自己的身体不加注意才导致寿命缩短，也许是受这个一次性时代的影响吧。又或许是受《火之鸟》永恒生命的欺骗了吧。不行，这样可不行！我最近开始反省，希望能用的东西尽量用得长久些。

大人们认真讲出来的话，小孩子肯定会侧耳倾听。他们拥有这样的感性思考方式。而且，如果那是能激发他们梦想的有趣信息，他们的眼睛里会闪烁着何等灿烂的光芒啊！

所以，我今后也会坚持通过我的漫画认真"讲"话。

《火之鸟》诉说生命之不可思议

"生命"是个多么不可思议的存在呀！在这个广袤宇宙的星海海潮中，生命，显得是那么不自然。人活于世也便是一种喜悦，且不论人生会否尽是开心事、生存的意义能否紧握在自己手中，这世上事与愿违的事不胜枚举。在受尽烦恼和痛苦的折磨之后，临了还是没有发现生存的意义，或者连思索这些问题的余暇也没有，只是勉勉强强地活着，庸庸碌碌地了此一生的例子比比皆是。

在无限广阔的宇宙的一隅——银河系中，地处边际的太阳系里有颗充满生命却又像玻璃一般脆弱的地球。从宇宙的视角来看，人类的存在如同灰尘那般微不足道。尽管如此，这些灰尘能意识到自己生存在这个世界上，并且终于有一天会死去。人类承担起了"罪孽"，就不能像其他生物那样天真烂漫地活着。

正因为如此，人类才开始以实现无止境的欲望为目标，变本加厉地谋求更多的财富和更多的幸福。

但是，人类又实在是一种奇怪的生物。刚干完了大规模屠杀，转眼间又开始苦苦追寻宇宙的真理，创造出震撼心灵的艺术。并且，那些艺术是从地狱般的折磨之中诞生的。

我在我的作品《火之鸟》之《凤凰篇》中刻画了两个奈良时代的雕刻师——茜丸和我王。

茜丸生性善良，英俊又能干。他总是满怀热情地挥动着凿子。终于有一天，他被提拔为兴建大东寺大佛的工头，并成为欲望和野心的俘虏。而另一个雕刻师——我王，在出生的那一天就受了重伤，失去了一只眼睛和一条手臂。之后，父亲死去，母亲又发了疯，母子二人受尽同乡的欺负和迫害，我王终于沦为一个杀人不眨眼的强盗。有一次，我王因为怀疑一个女人——他人生中唯一一个甘愿尽忠于他的女人——对他的爱，而无情地将她斩杀。但这个女人是我王在他的杀人生涯中，唯一一次拯救过的生命——一只瓢虫——的化身。自从我王知道了事情的真相，真正的痛苦和悲叹也开始了。

在我王以要饭和尚的身份到处流浪的时期，他从兴建大佛这一国家首要的事业中，看到了无数的人像蝼蚁似的被践踏着生命。

我王像是要发泄这些愤怒似的不断雕刻着佛像，而他雕刻的佛像好像被注入了灵魂。最终，我王和茜丸以制作大东寺的兽瓦来比本领。我王制作的人物形象的怨恨、呻吟、愤怒，像是要从兽瓦中喷发出来一样，镇住了围观的人群。

然而，我王到那时已经失去了太多。他只想把生和死的意义弄个明白。

人，还有其他生物，为什么非死不可呢？简直就像为死而生的这种"生"究竟又是什么呢？不论鱼、虫、鸟、兽，死了之后也没有什么区别。如果人死之后可以成佛的话，那么地球上的所有生物都应该成佛。并且，在宇宙之中不存在人生，人生在宇宙看来只不过是些微不足道的垃圾。我王这样思考着。

我王在对世间的无常的盛怒下，将自己的全部精力注入木块、石头和黏土中，雕刻出无数令人感动的雕像。

我王制作的兽瓦不仅使茜丸，还使当时在座的大人物们震惊。被欲望蒙蔽双眼的茜丸，露出手臂上被当时还是暴徒的我王砍伤的伤疤，进而诬陷我王。我王被砍掉了仅有的一只手臂，还被赶走了。

失去双臂的我王四处漂泊，终于在大自然的怀抱中，为天地之美所感动，流下了人生里的第一滴眼泪。

能感觉到天地造化的魅力，是因为本人存在于天地之间。

我用了大量笔墨介绍拙作，对生和死进行了全方位的探究，然而依旧找不到答案。

在《凤凰篇》结尾处，我王发誓要尽最大努力活下去，但是在故事中，火之鸟让他看到了一千年之后自己的子孙被作为政治犯枪决的影像，因此他明白了一件事：无论一千年之前还是一千年之后,即使是一万年以后,人类也摆脱不了愤怒和痛苦。尽管这样,我王还是坚持要完整地走完人生道路。

我认为,无论怎样愤怒,怎么发狂,即使尝尽地狱般的煎熬,只要是在大自然的怀抱之中,生命便美丽依旧。

如果人生真的有轮回,我的来世可能会是一只水蚤,或许是一只步行虫也未可知。这么一想,任何生物在我心中的价值都变得一样了。况且,有可能再也不能投胎转世为人。而不论是虫、鸟,抑或是人类,都应有各自相适的生活方式才是。

IF思考法

由于我长期进行《铁臂阿童木》这一类未来向的漫画的创作，因此可能会有不少的读者惊讶于我居然能够没完没了地对未来进行预测。其实没有什么好奇怪的，这也并不是我的专利。谁都有这个能力。不对，其实任谁都时常预测未来吧。

我把这种现象命名为"IF思考法"。"IF"也就是"如果"的意思，我的所有构想都始于"如果……"这一思考法。

比如，我们会担心："如果现在下起雨来，该如何回家呢？"

这种情况下，至少在此时还没有下雨。因此，此时只是对"也许会下雨"的未来进行想象而已。也就是说，在无意识中对未来进行预测。

这里提到的未来，并不特指21世纪。即便是一年之后也是未来；说得极端些，一个小时之后也是未来。根据"如果下起雨来"这个假设，会产生"到家时会被淋成落汤鸡""能不能拦到出租车呢""早知带把伞就好了"等思考结果。仅此就足以构成出色的未来设想了。

哎呀！那样操心的话不就老得预测未来了吗！"我死了以后会怎样呢""明年的税金如何才能缴清呢""儿子能不能考上大学呢""明天该做些什么菜呢"等等都是大家对未来的预测。

我所做的，只不过将这类预测稍加延长至更遥远的将来罢了。对于一年以后、两年以后，甚至三十年以后的预测，其思考方式没什么两样。

"如果……"这种思考法因人而异，会产生不同的结果，如"那样的事会不会发生还是个未知数""简直就是痴人说梦""充其量不过是个假设吧"。

的确，有的人只依赖正确的数据，只相信现有的信息。那样的人应该没有"风云莫测"之类的生活信条。像那样度过的每一天，既没有生存价值，也不会有任何的积极意义。至少明天要比今天、未来要比现在更充满希望，才能生活下去。

在前几篇文章提到的地球危机的现实面前，正因为对未来的预测充满了沉重的不安，我们才更应该直面它，对现实多加关注，排除那些暗淡不安的因素。IF思考法应当有助于任何人领会生存意义。

但是现在，一设想"如果……"，首先浮现于眼前的都是些不妙的情景。但也不能就此放弃，再努力一把坚持下来，干脆不管三七二十一，将所有暗淡的设想全部摊开看一下又如何呢？

我觉得，这样反倒有可能产生与此相反的想象，光明的未来也会浮现在眼前。

有没有什么办法，能把认为这样的想象徒劳无益，甚至是无聊举动的大人们从繁忙中解救出来呢？希望他们能有余裕不断尝试些乍看是无益的、多余的，甚至不属于自己本职范围的事。

在这个不容许无用功、走弯路、出岔子的社会中，我想象不到幸福的未来。合理主义以及生产至上主义终会使这个社会疲惫不堪。因为在这种社会条件下是无法培养出具有新鲜感和独创性的孩子的。

"如果你还有一年可活……"

那你究竟会做些什么呢？

"如果你的孩子还有一年可活……"

你究竟会让你的孩子干些什么呢？

这些"IF"乍听上去极其荒唐且暗淡无比，如果能将这些浮现于脑海的预想有效地利用到此后几十年的人生中的话，情况定会完全不同的。

这样，你一定会明白在你的一生中，什么是真正值得去做的事，什么是实际上可以做的事。

也许有点悖论的意味，但身处当世的现实中展望未来时，如果只关注眼前的现实，是无法发现事物深层的本质的。

将想象力集中到一个一个的事件和状况中去,深入事物去探索。想象力是连接远大理想的工具,即使在极为平凡的日常生活中,也可以关注到你周围邻居的烦恼。这并不意味着要对别人的烦恼刨根问底,而是利用想象力去感受自己以外的人的苦痛。

从宇宙看地球

接下来，让我来试着陈述一个充满独断与偏见的未来预测。

当下一个世纪来临时，日本人的平均寿命将超过九十岁，人们将工作或不得不工作到八十岁。这是因为年轻人的人数锐减，日本将步入高龄人口大国。虽然医疗技术的高度发展基本治愈了所有疾病，但大脑的老化现象仍得不到解决。尽管有着周密的预防措施，但精神障碍和老年痴呆的患者还是不断增加。到那时也许需要借助护理机器人来护理这类人。具有超级性能的智能机器人不光在医院使用，还会进入家庭和职场来辅佐人们的生活和工作。到那时，我们会像称呼私家车那样把它们称作私家机器人。

或许东京会因为地价的暴涨、人口过度密集而渐渐地丧失作为首都的机能，政治的中心在不知不觉中像西德[1]的波恩那样，不得不被迁至地方上某个安静的小城市；以东京大学为首的学术场所可能会被整体打包搬至富士山山麓，或者北海道附近；东京以及大阪会变得像纽约那样，仅仅作为经济城市，继续发挥它的流通和信息中心的机能。可是，到那时各种各样的规则将更加严格，让它们成为越来越不适合居住的城市。

纵观全国高度发展的交通网，各地区的干线道路编织成错综复杂的网眼，虽然使各地区的产业得以振兴，但同时也使几乎所有地方城市都变成了同一种俗套的城市构造，失去各自的特色。产业振兴的反面是，开发工程对自然森林造成了进一步的破坏，导致全日本将近50%的绿化流失。这就是将增加人口、振兴地方产业作为刚需造成的结果，是无法避免的悲剧。

男女平等的法律将得以彻底实现，职场上的女性精英非常活跃，至少像美国社会一样诞生了不少的职业女性。但与此同时，将抚养孩子的任务交给他人的母亲也日益增加了。这可能使得过去的家庭面貌发生巨大的变化。

日本由于与别国的经济摩擦以及其他问题，一时间可能陷入四处碰壁的困境。到时候各企业将不得不缩小企业规模，雇佣关系越来越紧张。最严重时的失业率预计将超过20%。与此同时，日本还将开始感受到韩国和中国等邻国的发展所带来的威胁。亚洲诸国在日本停滞不前期间将

1　联邦德国。

奠定强有力的国际地位，成为日本的竞争对手。如果这些成为现实的话，日本就不得不向外国开放所有门户，其结果将导致日本复杂的流通机构面临彻底的改革。

但是，高明的处世方法会使日本人巧妙地突破这些难关，再次引领日本走向繁荣。不光是贸易活动，日本还将对各国输出大量的人才，以国际社会人士的身份构筑地位。

到那时，一天即可往返于东京—伦敦、东京—纽约之间的同温层客机肯定已成为现实。像日本国内，从北海道至九州连一个小时都不用就可以到达。到那时，日本的目标就是向宇宙进发了。

众所周知，美国的航天飞机是地球外基地建设的运输机。到了下个世纪，美国定会成功地建造出首个宇宙空间站。与此同时，日本的半导体产业会领先世界，宇宙空间站必定会使用日本的机器。富有的日本肯定会紧跟着美国，开始宇宙空间站的建造计划。

宇宙空间站是宇宙聚居地，可以说是一个独立的村庄。不，称之为国家的话比较确切。

在那里，人们授予与地球上截然不同的法律和规矩进行管理。为什么呢？因为那里的居民必须在一个无法依靠地球常识的——异质的环境中生活。就举水的例子吧，在那里"有限的水"这一观念将被放在优先考虑的位置上。不为地球自然界所包容，人们栖居于和电子计算机共存共荣的世界里。

如果有人长期赴任，一定会在那里结婚生子吧。在那里出生的孩子自出生便从太空俯瞰地球，他们是真正的宇宙人。

"我们的逻辑是建立在以人类为中心的基础上的。"这是伽莫夫[1]的《宇宙论》中的一句话，显示了"人性原理"的思维方式。这是一种以我们所居住的地球为宇宙中心，也是以人类为宇宙中心来思考的论点。正由于这种逻辑，才导致了人类对自然的破坏和对资源的消耗。

自打一出生就眺望着地球这颗行星长大的孩子们，不会认为地球上居住的几十亿人类是"万物之灵长"。他们肯定会认为地球上居住的人类与其他无数的生命一样，只不过是一种生物而已。

他们不会默许胡乱开发和荒废资源的人类自我中心主义的行为。

其实，不少的宇航员都感慨，当他们第一次从月球、从外太空眺望地球时，是如何改变了迄今为止的人生观的。

走在科学技术最前端的他们，感受到了神的存在，更有甚者成了传教士。暂且按下宗教不谈，当他们看到飘浮在黑漆漆的宇宙中泛着蓝色光芒的地球时，被它那种无以取代的珍贵打动了吧？

我们美丽的地球飘浮在黑暗中，独自忍受着广阔宇宙给予它的孤独，如同玻璃那么易碎。

他们如同神一般，注视着眼下的地球饱受战火的煎熬

---

[1] 乔治·伽莫夫（George Gamow，1904—1968），出生于俄国的美国物理学家。

及沙漠化推进的摧残，感受着一阵阵冲击。

并且，他们肯定将人类的虚幻无常洞察得一清二楚。

和宇宙广阔无际、深不可测的黑暗相比，这颗带有水源的行星是多么美丽啊。这种美，也许只有用神秘这个词才足以表达。

一次，只要从外太空眺望地球一次，你就不会产生污染那珍贵稀缺的空气、植被环境，以及蔚蓝大海的想法。

所以我对那些出生、成长在宇宙空间站或月球表面的孩子们寄予厚望。

他们自小就能明白，人类对于宇宙来说是多么渺小，如不齐心合力是难以生存的。并且，人类并不是最伟大的物种。眼下地球上的所有动物、植物和人类，都是希望自己的生命得以善终并能繁衍子子孙孙的生命体而已。

他们那些是未来人同时又是宇宙人的孩子们，一定会携带全新的全球性的哲学，向地球上的人们发出警告吧！

到了那一刻，人类才终于成为宇宙的一员吧。

以上就是身为漫画家的我对未来进行的充满独断与偏见的预测，但这种预测谁都可以尝试。如果你的预测是负面的，可以让地球向更好的方向改进。希望你们能够将梦想和生存价值与未来对接。

现在的孩子们也是未来人和宇宙人。越是追求探险和浪漫、宇宙的神秘，他们的梦想越是向遥远的彼岸膨胀。

IF——如果你和我都具备宇宙视角，想象力就会超越光速，瞬间便能到达几千几万光年外的遥远星球吧。

这种想象力才是人类具备的最优秀、最为闪耀的能力。

解说

虽然手塚先生已经去世，但仍像昨天的事一般，又像是很久之前的事。每次因为工作前去拜访时，这位先生都是那么忙碌，所以总想着哪一天再与先生好好畅谈、请教一番，终究没能等到这个就永别了。

在我获得推理作家协会奖之后没多久，先生就对我说："辻先生啊，我想了一个感觉挺妙的推理手法，虽然就想到这一个。"

"真的吗？请跟我说说吧，我不会写进书里的。"

"不行不行，这个绝对要保密。哈哈哈。"

最终还是没有透露一星半点，不过先生不是一个吹牛皮的人，所以我想他应该真的保留了一个点子。先生所创作的漫画《惊奇博士》等作品也带有强烈的推理风格，让我看得非常过瘾。

《拯救玻璃地球》这本书并非漫画，而是随笔，正因为如此，可以看出手塚漫画作品本身就很有内涵，也直接地体现了作者的思想。文中大部分内容都是直截了当地点出问题，而不是满纸迂回的空谈。我经常听先生亲口聊起这些话题，现在读起这些文章，依然觉得很有道理。

尽管如此，先生还是如他自己所写的那样，是一个彻底的文艺工作者，所以不管多么严肃的主题，都能写成通俗的文章，易读也易懂。现在的我主要靠撰写文章营生，跟动画或漫画的交集并不多，不过时不时也会莫名讲究，想装得体面，所以文章的条理会变得有些杂乱无章。

日本人似乎总喜欢用一些晦涩的形容词或表达方式来营造高级感。相比用艰涩难懂的文字来表达通俗的事情，把费解的事情写得简单明了要困难得多，这一点应该无须我多做说明了吧。

先生逝世也将近八年了，但他谈及的内容完全不落伍。那是因为先生有着旺盛的先见精神，甚至可以说，他满脑子所思考的主题在今后的时代里将会愈发重要，这一点正是我想强调的。

我这么说的其中一个原因是，在成为漫画家之前，先生便是一个科学研究者，他能够冷静地观察、分析，做出判断，并以此为基础洞察未来。

这里要提起另一件事，当年——我记得应该是在大正时代——有一本叫《日本及日本人》的杂志以"百年后的日本会是如何"为题，征询了各界名人的意见写成特辑专栏（由于战后出了翻印版本，因此我也有幸拜读）。

一读之下，让我惊讶的是当中有很多人对于未来的预测甚至能称之为妄想。就算当时那个时代充斥着国粹思想，我也没想到早在大陆侵略战争或太平洋战争开始之前，就有人认为大日本帝国的领土可以扩展到罗马。这种想法实在让人感到害怕。而认定这种幻想的大多数人，现在竟成了东大级别的教育家，这件事让我不寒而栗。以现在的眼光来看，科学研究者所说的话才是比较稳妥的。若非如此，像寺田寅彦、小酒井不木等这些既是科学家也是文学家的人，他们的文章也不可能至今仍然百读不厌。

从预言家这一点来看，手塚先生的表现就更加突出了。阿童木初次在漫画杂志上登场，是在昭和二十年代中期，是怎样知识渊博的人，才能想到"197×年会诞生可置于手上的电子计算机"？在那个时代，大部分日本人都在担心吃了上顿没下顿，手塚漫画却已经预测到遥远的未来。

漫画这个媒介，大部分读者都是年轻人，想当然耳，他们是属于未来的一代人。而且漫画业界竞争激烈，漫画家必须经常探索创作更好更有趣更新颖的作品，否则就不可能有未来了。即便赢得了名声，漫画家也无法靠那些利息吃一辈子，这与成年人社会那些一招吃遍天下的名人不同，以年轻人为市场的生意会严苛许多。因为自己有名气，想以去年的热门话题来创作漫画之类的做法是行不通的，对于年轻人来说，如果那些话题在"今时今日"是无趣的，那就相当于落伍了。

手塚先生承受着这些惊人的消耗，还能长期稳坐一线漫画家的位置，可以想象他身体里的储备该有多么丰富。或许正因为先生既是科学家又是漫画家，所以对于未来的种种触觉比科学家兼文学家的人要更加敏锐吧。

手塚漫画肯定是存在科幻指向的，因此他早期的作品也时不时让人产生一些误解。曾经有人搜刮大量手塚漫画并进行焚烧，还有人批判以月球背面作为漫画的舞台是不科学的，一想到这些事，至今还是让我觉得滑稽可笑，但在当时那个环境就笑不出来了。

我也曾参与了《铁臂阿童木》的剧本创作，不过最先撰写的动画剧本是《8 man》，该作品的原作者是平井和正先生。在其主导下，我与丰田有恒先生、筒井康隆先生、半村良先生、眉村卓先生等人一起撰写了不少科幻漫画的剧本，但是当时的成年人似乎都认为科幻作品很奇怪，或许他们都觉得这些作品不过是一时的热潮吧。漫画自不必说，动画更是一样的待遇。这么说来，手塚先生算是耗费了毕生精力在挑战科幻、漫画、动画这个三重辛苦的世界。

为了构建这些作品的世界，对于未来的感性是必不可少的。从结果来看，成为一名预言家或许也是理所当然的。那些以肤浅的目光去欣赏"阿童木"的人，偶尔会误以为这个作品是纯粹的科学赞歌，不过手塚漫画老早就针对科学技术提出了一些根本性问题。在先生早期的名作《大都会》中，花丸博士在开场和结局都说过这么一句独白：

　　总有一天，人类会不会为了实现过度发达的科学反倒让自己走向毁灭呢?

当时还是高中生的我为这句话激动不已,做梦也没想到这部杰作是出自一个只比我年长三岁的人之手。

自从以漫画家的身份站上起跑台,手塚先生便一直保持着犹如科学家一般冷静而透彻的眼光,也难怪会对高科技时代那些嘈杂的空谈口号避而远之。

先生将这些想法化作不同的主题,或是探索医学的发达和生命的神秘,或是讲述战争与和平,或是追求开发与大自然保护,最后结出一个个作品果实。

如果各位看过漫画《怪医黑杰克》、虫Pro工作室的第一个作品《某个街角的故事》和长篇动画《森林传说》这些作品,这位作者想表达的种种思想,肯定会给大家留下极为深刻的印象。

《拯救玻璃地球》这本书中所提及的问题,并非过去或现在所关注和讨论的内容,而是贯穿于手塚治虫十五万页漫画原稿的灼热岩浆,我由衷希望各位能从中细细领悟其根源所在。

辻真先(作家)
一九九六年八月

醜い動物です。しかし、それでもなお、やはり、ぼくは人間がいとおしい。生きる物すべてがいとおしい。ぼくたちは間違った道に踏みこんできたのかもしれないが、あの罪のないたくさんの子どもたちを思うとき、とても人類の未来をあきらめて放棄することはできません。

手塚治虫

人类真是丑陋的动物啊。尽管如此，我还是认为人类很可爱。所有生物都很可爱。我们也许是误入歧途，可当我想起那些天真无邪的孩子们时，无论如何也无法放弃人类的未来。

由于手塚先生未能完成本书就骤然离世，因此本书的内容添加了先生在电视节目或杂志采访上的一些发言和以下几份原稿的部分内容：《科学技术的进步与人类的生存方式》（昭和五十九年、群马县"县民座谈会"纪念演讲实录），《对于未来的幻想》（昭和六十一年、富山县"县民大学夏季讲座演讲实录"）。